Sybille Seid Todesspitzen

Sybille Seid, gebürtig im Vogtland, verbrachte viele Jahre in München, studierte Tiermedizin und Literarisches Schreiben. Prosa veröffentlichte sie u. a. in *Federwelt*, *Klivuskante* und als Redakteurin beim *Frankfurter Magazin*. Auf den Schweriner Literaturtagen belegte ihre Kurzgeschichte »Gestern« Platz zwei. Sybille Seid lebt mit ihrer Familie im Vogtland und arbeitet als freiberufliche Autorin.

Sybille Seid

Todesspitzen

Ein Plauen-Krimi

Bild und Heimat

ISBN 978-3-95958-115-8

1. Auflage

Umschlaggestaltung: fuxbux, Berlin
Umschlagabbildung: © fotolia / aminaflora
Druck und Bindung: GGP Media GmbH, Pößneck

Ein Verlagsverzeichnis schicken wir Ihnen gern:
BEBUG mbH / Verlag Bild und Heimat
Alexanderstr. 1
10178 Berlin
Tel. 030 / 206 109 – 0

www.bild-und-heimat.de

Für Flubsy

I

Es knackt im Gestrüpp. Schwarze Augen glotzen aus dem Holzspeicher. Ein Frösteln schleicht über ihre Schultern. Der Wolkenbruch hat die Konturen und Farben ertränkt. Nebelschleier fressen das Dämmerlicht wie ein hungriges Tier. Sie streift durch die Wiese. Grashalme greifen nach den Waden und nässen die Nylons. Verdammt, warum hat sie nicht wenigstens Gummistiefel angezogen?

Moment! Da ist es wieder! Ganz deutlich. Das Miauen einer Katze. Klar ist das Arnold. Garantiert.

»Mau. Mau.«

Sieht ihm ähnlich, dem frechen Kater, sich in den Sträuchern zu verstecken, um nicht bis zum Morgen im Haus bleiben zu müssen. Oder hat er sich verletzt?

»Miau.«

»Komm raus, Arnold. Das Spiel ist aus. Du bist entdeckt.«

Noch ein paar Schritte und sie stände im Acker, jenseits des zaunlosen Gartens. Dann kann sie ihre Pumps von Jimmy Choo in die Tonne treten.

»Arnold, du elender Streuner!«, ruft sie. »Zeig dich endlich!«

Aber da ist nichts. Sie ist allein. Oder? Ein Rascheln. Hinter ihr. Mit einem Ruck dreht sie sich um. Ein Schatten! Eine Bewegung! Sie atmet auf, nur ein Igel.

Seit eine Jugendliche aus Meßbach vermisst worden war, hat sich dieses Unbehagen eingenistet. Das Horchen auf jedes Klicken und Knistern, der Drang nach Licht, der Impuls sich umzusehen. Eine Ahnung, beobachtet zu werden mit dem leisen Schauer im Genick. Die Tragödie vor der Wohnungstür hat die Atmosphäre vergiftet, mit Angst geschwängert und das Sorglose verschlungen.

Der stachelige Kerl schnuppert und verschwindet inmitten von Grasbüscheln und Maulwurfshügeln.

»Miau.«

Sie drückt Zweige zur Seite und Äste, zwängt sich durchs Dickicht. Der Halunke muss hier irgendwo sein! Sicher tippelt er gleich mit aufgestelltem Schwanz heran und tut, als wäre nichts.

Auf einmal versinken ihre Füße im Feld. Die Pumps saugen sich in den lehmigen Boden. Zum Teufel mit Arnold! Sie zieht die Schuhe aus. Vierhundertfünfzig Euro! Schlamm bis zu den Knöcheln und an den Händen. Hastig angelt sie in ihrem Shopper nach einem Taschentuch. Mit spitzen Fingern kriegt sie einen Zipfel zu fassen.

Wie jeden Dienstag hat ihr Kollege Tobias Seyfert sie zu Hause abgesetzt. Auf der zehnminütigen Fahrt von der Kulmgasse nach Meßbach walzt er wöchentlich den Stand seiner Rosenzucht breit, spricht von Stempeln, Pollensäcken und Pinseln. Gerade trifft er erste Maßnahmen, um seine schneeweiße *Frau-Karl-Druschki* mit der tiefroten *Helmut-Kohl-Rose* des Nachbarn zu kreuzen.

Nachdem sie sich verabschiedet hatten, ist sie in den Garten gelaufen, dem Mauzen hinterher. Abend für Abend dasselbe Theater mit Arnold. Vielleicht sollte sie dem Vagabunden ein riskanteres Leben erlauben und ihn nicht mehr hindern, nachts durch sein Jagdrevier zu streifen.

Sie bemüht sich, den Schmutz am Taschentuch abzuwischen. Angewidert schleudert sie das Tempo mit den Dreiecksmotiven von sich. Es fliegt in den Graben zwischen Feld und Gehölz, dem schmalen Stück Wald, das hier beginnt.

Die Schuhe in der Hand versucht sie, sich am Randstreifen des Erlenwäldchens zu halten. Sie will auf die Straße gelangen, die Dornensträucher links liegenlassen, vorbei an den düsteren Bäumen.

Nachbarn hatten das Mädchen auf einem Spaziergang gefunden. Die Zeitungen wimmelten von Berichten über Blut und Leichenteile.

Mach keine Geschichten, sagt sie sich, was soll mitten in Meßbach denn passieren? Hier ist sie mit Arnold daheim, hier kennt sie sich aus. Die Lichter da drüben gehören zum Stemmler Hof, wo sie jeden Freitag Eier holt, und die Bäckerei Wichmann versorgt sie mit frischem Joggingbrot. Und im Übrigen, wer weiß, was für Kontakte das ermordete Mädel gehabt hat.

In dem lausigen Bleistiftrock kommt sie mühsam voran. Am Rande ihres Sichtfeldes nimmt sie die Schemen des Burgholzes wahr, das Waldgebiet zwischen der Hofer Landstraße und dem Jakobsweg. Nach der Tat hatte der Mörder die Schülerin dort abgelegt.

Plötzlich befällt sie das Gefühl von Augen auf dem Rücken. So dicht, dass die Wimpern ihr Haar streifen. Eilig wendet sie sich um. Leere! Nichts als Leere! Und dennoch graben sich Blicke in ihren Nacken.

Angestrengt lauscht sie in die Finsternis, doch sie hört nur ihr Keuchen, spürt die Stöße ihres Herzens. Ein Hämmern vom Bauch bis zu den Schläfen. Sie zwingt sich, auf die Erde zu sehen, fort von den Büschen mit den spukhaften Tentakeln.

Endlich erreicht sie die Fahrbahn. Noch wenige Meter bis zur Haustür. Die Laterne ist erloschen. Von der nächsten schimmert ein fahler Schein herüber.

Stopp! Einen Steinwurf entfernt kauert etwas auf dem Weg. Faustgroß. Höckerig. Ein zerfurchter Klumpen. Wie ein schneebedeckter Felsen. Vorsichtig tritt sie näher. Stoff? Nein. Es ist Papier. Fleckiges Papier. Ein Muster ziert den Rand. Dreiecke. Schlagartig dämmert es ihr und eine Gänsehaut flutet vom Scheitel bis zu den Zehen: Es ist das weggeworfene Taschentuch!

Sie schüttelt den Kopf. Nein! Ausgeschlossen! Das ist ein Irrtum! Sie muss sich täuschen! Oder ist jemand vorbeigeschlichen? Lauert da einer? Für Sekunden ist sie gelähmt, außerstande sich zu rühren. Die Schreie des Mädchens hallen hinter ihrer Stirn wider. Furcht lodert in der Brust, steigt in den Hals, wühlt sich durch ihre Glieder.

»Reiß dich zusammen«, flüstert sie, »gleich bist du zu Hause. Noch ein Katzensprung.« Bebend läuft sie einen Bogen um das Tuch und stürmt los. Seitenstiche nehmen ihr die Luft. Schon sieht sie die Gartenpforte, aber sie stolpert, stürzt, prallt auf. Schmerz fährt ins Knie. Ihre Tasche leert sich. Notizbuch, Holzkuli, Kosmetikbeutel. Der Schlüssel schlägt einen Salto mortale. Sie kriecht auf ihn zu, streckt die flatternden Finger nach ihm aus. Doch dann erstarrt sie. Als schiebe sich kalter Stahl in ihre Adern. Die Vorderkappe eines Stiefels presst ihren Arm auf den Asphalt.

»War das nicht eben ein Schrei?«

Es poltert. Kilian Rentzsch hantiert im Keller.

»Das war doch ein Schrei!«, ruft Tanie aus der Diele.

Ihr Bruder trägt einen Kasten Wasser die Treppe hinauf und löscht das Licht. »Natürlich war das ein Schrei. Was denn sonst?« Er schlägt einen gelangweilten Tonfall an. »Ein Mörder treibt sein Unwesen in der Gegend. Offenbar benutzt er eine Säge. Da liegt es in der Natur der Dinge, dass hin und wieder auch geschrien wird.«

»Was hast du da unten eigentlich gemacht?«

»Getränke geholt.«

»Es ist doch noch genug in der Küche.«

»Wirklich?«

»Lass uns mal nachschauen«, bittet sie.

»Das brauchen wir nicht. Ich habe den Saldo der Wasservorräte genau im Kopf.«

»Mensch, Kilian! Du weißt doch, was ich meine«, beschwert sie sich.

»Da wird nichts mehr zu machen sein. Nach so einem Schrei ist es meistens schon zu spät.« Er schnappt sich den *Vogtland-Anzeiger* vom Garderobenschrank und beginnt, darin zu blättern. Tanies Einfalt ärgert ihn. »Aber schön, wenn du denkst, sieh doch nach!«

»Kommst du nicht mit?«

»Nein, wieso denn?« Er ist entschieden dagegen, die Arbeit der Kripo und der Herren in Grün zu erledigen. Dieser Kriminalhauptkommissar, dieser Muller, dieser stoppelbärtige, zerzauste Flegel. Hält es für unnötig, ein paar Streifenwagen mehr einzusetzen, um die Taltitzer und die Hofer Landstraße im Visier zu behalten. Kilian winkt ab. »Das haben sicher auch andere gehört, da würde ich nur stören. Die Polizei rät ohnehin: ›Nicht stehen bleiben, weitergehen.‹ «

»Glaubst du, Nachbar Fischer fühlt sich von dir gestört, wenn er mit dem Täter ringt?«

»Du scheinst zu vergessen, wie alt ich bin. Ich lese schon die Schlagzeilen: ›Apokalypse in Meßbach – Betagter Möchtegern-Held versucht auf Krücken Killer zu stellen und reißt Plauener Gemeinde in den Tod‹ .«

»Was denn für Krücken? Du bist siebenunddreißig, mein Lieber, im besten Bondalter und heute Abend helfe höchstens ich dir beim Gehen«, seufzt Tanie. »Also ich sehe jetzt nach. Es hat schon einen Mord gegeben. Muss ja kein zweiter dazukommen.«

»Und du meinst, das verhindern zu können?«

»Wenn du nicht so gleichgültig wärst und bloß mit den Achseln zucken würdest, wären wir längst wieder …«

»Ja, ist ja okay. Ich komme mit!« Er wirft die Zeitung in den Flursessel und zieht seine Jacke über. »Wo sind denn meine Trekkingschuhe?«

»Großer Gott, mach schon!« Sie wartet am Eingang.

»Du hast gut reden. Vielleicht muss ich querfeldein laufen und den Strolch im Morast verfolgen«, nörgelt er. »Die Drecksarbeit bleibt doch immer an den Männern hängen.« Er greift nach einem Schirm und testet ihn auf seine Schlagkraft.

»Wir sind doch kein Geländesuchtrupp mit Ausrüstung und Spürhunden«, gibt sie zu bedenken.

»Eben! Wir haben nicht mal eine Taschenlampe.«

»Wozu denn auch? Wir wollen doch nur einen Blick auf die Straße werfen.«

»Das kannst du auch vom Fenster aus tun!«

»Bist du endlich so weit?« Tanie schiebt Kilian in Schlappen vor die Tür. »Und lass das Gefuchtel mit dem Schirm!«

»Die Laterne ist aus«, stellt er fest. Es dauert einen Moment, bis sich seine Augen an das Halbdunkel gewöhnen.

»Kannst du was erkennen?«, flüstert sie und verbirgt sich hinter seinem Rücken. »Liegt da nicht was? Guck doch. Da! Da ist doch was.« Sie deutet aufgeregt zu einem bizarren Umriss auf der Straße.

Für einen Atemzug enthüllt eine wandernde Wolke den Mondschein und Kilians Nackenhaare stehen stramm. Tanie hat eindeutig zu viel Fantasie. Beinahe hätte sie ihn angesteckt mit ihrer Einbildungskraft. Trotzig gibt er sich einen Ruck. Er bewegt sich drei, vier Schritte auf das Ding zu und stutzt. »O mein Gott!«, ruft er. »Das darf nicht wahr sein.«

»Sag schon, was ist es denn?« Sie folgt ihm zögernd.

»Es ist eine … eine Hand!«

Tanie formt schrille, stotternde Laute, wie ein Präriehund, der seine Kolonie warnt.

»Und sie zuckt noch«, ergänzt er.

Seine Schwester sieht im Zwielicht aus, als stünde sie vor einer Ohnmacht, bis sie krächzt: »Du dämlicher Kerl! Das ist bloß ein Taschentuch!«

Er lacht. »Tanie, du musst aufhören, dich verrückt zu machen!«

»Du bist unmöglich!«

Mit dem Schirm dreht er das Tempo hin und her. »Zweifellos ein Indiz von größter Wichtigkeit, Mr. Stringer«, albert er mit verstellter Stimme und spießt das Tuch auf die Schirmspitze. »Woraus schließen Sie das, Miss Marple?«

»Weil hier drüben auch noch ein Täschchen liegt«, mischt sich Tanie in Kilians Selbstgespräch.

»Sind die Hände noch dran?«

»Nein, das nicht. Aber Blut.«

Kommissar András Muller knurrt. Ach, du liebe Zeit, der Meßbacher Doppelpack. Ihm bleibt nichts erspart. Thadine Rentzsch und ihr komischer Bruder. Sie haben die ermordete Julia Schneider auf der Waldbühne entdeckt. Und nun meinen sie, jedes aussortierte Taschentuch in Plauen und Umgebung wäre ein Beweisstück.

»Es geht nicht allein um das Tuch, Herr Kriminalhauptkommissar«, erklärt Tanie. »Sie sollten sich auch die Tasche ansehen.«

Es ist ein Beauty-Case aus Leder in der Größe einer Tafel Schokolade. Ohne einen Hinweis auf den Besitzer.

»Wahrscheinlich hat das jemand auf 'nem Autodach vergessen und während der Fahrt ist es runtergerutscht. Oder jemand hat es anderweitig verloren.«

Thadine mustert ihn streng.

»Und Blut ist das auch nicht«, kommt Muller ihr zuvor. »Das Mäppchen lag in einer Pfütze. Das ist Regenwasser, allenfalls ist ein bisschen Motoröl dabei, sonst nichts.«

»Und was sind das für Flecken auf dem Tempo?«

»Wir lassen das alles im Labor untersuchen.« Er hofft, sie gebe sich damit zufrieden.

Kilian schultert den Schirm wie einen Degen beim Kommando »Gewehr – über«. Muller seufzt leise und stülpt einen Kunststoffbeutel über das Corpus Delicti, das an der Schirmspitze baumelt. Als er den Motor seines Oldtimers startet, sieht er zu den Geschwistern Rentzsch.

Der nimmt das nicht ernst, liest er von Thadine Rentzschs Lippen im Kegel des Scheinwerferlichts. *Hält uns für plemplem. Wird erst munter, wenn ganz Meßbach sechs Fuß unter der Erde ruht.* Sie nickt zum Abschied lächelnd in seine Richtung. *Sicher eine Aushilfe oder nur Polizist geworden, weil er da überall umsonst parken kann.*

Na prima! Wieder ein Fan weniger. In manchen Situationen wünscht er sich, Lippenlesen, Gebärdensprache und Mundbilder wären für ihn böhmische Dörfer. Aber er beherrscht es schon seit Jugendtagen, hat es zusammen mit seiner gehörlosen Schwester gelernt. Er grüßt zurück und gibt Gas.

»Was war denn hier los?« In Arbeitshose und Unterhemd gesellt sich Klaus Fischer von nebenan zu Tanie und Kilian.

»Wir haben einen Schrei gehört und …«

»Du hast einen Schrei gehört«, unterbricht sie Kilian.

»Jedenfalls haben wir hier ein blutverschmiertes Etui und ein Taschentuch gefunden. Das kam uns merkwürdig vor.« Tanie schaut ihren Bruder grimmig an.

»Geschehen seltsame Dinge zurzeit«, unterstreicht Klaus Fischer.

»Das können Sie laut sagen«, bestätigt sie und wittert Verständnis.

»Ich habe meinen Söhnen eingebläut, nach Sonnenuntergang daheim zu sein. Sie sind vierzehn und sechzehn. Vor allem der Ältere macht mir reichlich Sorgen.«

Ach herrje, denkt Kilian, nicht die Leidensnummer, nicht jetzt. Das Klagelied der bösen Saat. Bitte die Tränenvase.

»Seit meine Frau nicht mehr bei uns wohnt …« Fischers Stimme versickert. Das Thema scheint ihn stark zu berühren.

Bettina Fischer ist ausgezogen. Vier oder fünf Wochen muss das jetzt her sein. Dietrich Böhm, der Postbote, hat Kilian davon erzählt. Frau Fischer hatte sich bei ihm wegen eines Nachsendeauftrags erkundigt. Klatsch und Tratsch am Jägerzaun.

»Mir gefällt das nicht«, beschwert sich Tanie und sieht Klaus Fischer nach. Er durchquert den schmalen Vorgarten und steuert auf den Hauseingang zu, vorbei an drei Plastikflamingos und den beiden Frustzwergen. Einer hockt mit bloßem Po auf dem Topf und verrichtet seine Notdurft, der Zweite liegt erdolcht im Gras.

»Gefällt mir ganz und gar nicht. Kenne ich das Täschchen vielleicht?«, überlegt sie.

»Tante Aurelia hatte so eins. Hat mir auch nicht gefallen.«

Tanie starrt Kilian an, der sie mit seinen Wortspielereien auf die Palme bringt. »Kannst du einmal ernst sein, bitte?«

Hat er sich eigentlich früher schon so benommen, vor dem Unfall? Kilian war von jeher ein zynischer Spötter. Spricht man ihn darauf an, zitiert er Goethe: »Ironie ist das Körnchen Salz, das das Aufgetischte überhaupt erst genießbar macht.« Und die Katastrophe von damals hat aus dem Körnchen einen ganzen Salzgarten gemacht.

»Stimmt doch, oder?«

»Ja. Durchaus.« Tanie macht eine billigende Geste. »Tante Aurelia hatte eine Tasche. Aber ein schwarzes Täschchen aus Satin mit Strasssteinen. Das hast du ihr doch geschenkt! Und außerdem ist Tante Aurelia seit Jahren tot!«

»Na und? Tanie, du steigerst dich da in was rein. Ich will dich lediglich auf den Boden der Tatsachen zurückholen.«

»Ich bin auf dem Boden der Tatsachen! Das Taschentuch kommt mir irgendwie bekannt vor. Ich habe das vor kurzem erst gesehen. Da bin ich sicher. Bloß wo?« Die Grübelfalte auf ihrer Stirn vertieft sich.

»Tanie, das ist ein Papiertaschentuch. Davon gibt es Millionen. Freilich kommt es dir bekannt vor.«

»Nein, nein! Das hier war kein gewöhnliches Tuch. Es hatte so ein spezielles Muster. Das musst du doch gemerkt haben, beim Stochern mit dem Schirm.«

»Wie denn? Es ist doch viel zu duster.«

»Hat Sandra nicht solche? Sandra Berg von gegenüber?«

»Keine Ahnung.«

»Doch. Sandra. Genau, jetzt entsinne ich mich. Ein Päckchen mit diesem Dekor lag bei ihr im Flur. Nun wird mir auch klar, was mich schon die ganze Zeit stört. Bei Sandra brennt kein Licht! Sie sollte längst zu Hause sein! Dienstags fährt sie doch immer ein Arbeitskollege bis vors Tor. Gestern klagte sie noch über Kopfschmerzen und eine Erkältung und dass sie im Büro momentan nicht aussetzen könne. Ich läute mal bei ihr«, beschließt Tanie.

»Du kannst doch um diese Uhrzeit niemanden aus den Federn scheuchen, der gerade mit Schnupfen und Fieber kämpft.«

»Vielleicht hast du recht.«

Er nickt.

»Und wenn was passiert ist?«

»Na dann«, resümiert Kilian, »macht sie sowieso nicht auf.«

Klaus Fischer tritt sich die Boots ab. Das Scheuertuch, das den Fußabstreicher bedeckt, verfängt sich an seinen Sohlen. Gereizt schleudert er den Putzlappen samt Schuhen in die Ecke. Die leeren Wernesgrüner Flaschen klirren. Ein dreckiger Streifen bleibt an der Tapete zurück.

Er gräbt die Fingernägel in die Handflächen und beißt mit den Zähnen auf die Innenseite der Wangen, bis der Blutgeschmack einen Brechreiz auslöst. Die Grenze ist erreicht. Ihm wachsen die Dinge über den Kopf. Der Stress in der Schreinerei, die Kinder, der Haushalt. Alles zu viel. Er stöhnt und lässt sich im Wohnzimmer in einen Sessel sinken.

Es ist dunkel im Raum, nur der Fernseher läuft. Eine Dokusoap flackert auf dem Bildschirm. Er trinkt die Neige aus seiner Bierflasche.

»Was war denn da draußen los?« Niklas, der Ältere, lehnt im Türrahmen.

»Die Polizei war da und ist schon wieder weg. Und du solltest auch weg sein, morgen früh ist die Nacht zu Ende.« Fischer erinnert sich nicht genau, wann er den Kontakt zu seinen Söhnen, speziell zu Niklas, verloren hat. Schon lange bevor Bettina ging? Er weiß es nicht. Die letzte Bastion, der gemeinsame Fußballnachmittag, gerät zum Auslaufmodell. Dauernd gibt es Ausreden. Gerade von Niklas, der Netzhemden trägt, Hosen mit Leopardenmuster, Nietenbänder und einen stachelförmigen Haarkamm, mit dem er kaum mehr Bettina ähnelt, sondern der Freiheitsstatue.

»Was war denn?«

»Das kann dir egal sein.«

»Hing es mit Julia zusammen?«

Julia. Süße Julia. Sie nannte ihn Kläuschen. Und dazu lachte sie. Dieses helle, frische Mädchenlachen, das ohne Sorgen in den Tag tanzte, das weder dumpf noch abgenutzt klang.

Bettina hatte ihn vor die Wahl gestellt. »Wenn du nicht die Finger von dem Mädel lässt«, sagte sie, »verlasse ich dich.«

Dabei hatte er gar nichts mit Julia gehabt. Ein paar kleine Spielereien, okay, aber das war's. Vollkommen harmlos. Manchmal war er sogar überzeugt, die Göre führe ihn bloß an der Nase herum. Trotzdem machte Bettina Ernst, packte einen Koffer, schnappte die Töle und zog los.

Es gab einen heftigen Streit, als Bettina fortblieb. Julia weinte und er war außer sich vor Wut.

»Es ging nicht um Julia. Geh jetzt ins Bett«, ärgert sich Fischer. Er greift auf dem Tisch nach der Fernbedienung, die neben einer Wurstdose liegt und einem Messer mit fettiger Klinge.

Niklas zieht ab. Der Alte ist ungenießbar. Garantiert drehte es sich um Julia. Der Polizei hat er nur die halbe Wahrheit erzählt, hat verheimlicht, was sich am Tag ihres Verschwindens wirklich ereignet hatte. In seinem Zimmer schneidet er einen Zeitungsartikel aus. Jeden Beitrag hebt er auf. Alles, was zu dem Fall gedruckt wird.

Er hat kapiert, was zwischen Julia und seinem Alten lief, hat sie beobachtet, ist ihnen gefolgt, hat gesehen, wie der Sack sich zum Affen machte, zum absoluten Vollpfosten. Die beiden haben seine Familie auf dem Gewissen, haben zerstört, was wichtig war.

Er nagelt den Bericht zu den anderen an die Wand. Darüber steht ein Spruch in schwarzen Buchstaben. Das zweite und fünfte Wort ist rot geschrieben: »Macht kaputt, was euch kaputtmacht.«

Es ist Nacht. Wo ist sie? Wo ist es so kühl und modrig? Was ist das für ein Geräusch? Reibend, schabend, wie der Versuch, einen Motor zu starten. Leise. Hin und her. Und hin und her. Was ist das? Sie kennt es. Sie hat es schon gehört. Wann war das und wo? Sie sucht in ihren Gedanken. Aber es will ihr nicht einfallen.

Allmählich nähert sich das Scharren, wird laut und lauter. Hin und her. Und hin und her. Noch Millimeter, bis es sie erreicht.

Ein Blitz. Es wird hell. Licht spiegelt sich im Blatt der Säge. Wie in einem Haifischgebiss stehen die Sägezähne. Hin und her. Und hin und her. Gleich ritzen sie ihre Haut, zerfetzen das Fleisch. Sie kann sich nicht bewegen, ist wie festgenagelt, will schreien. Ihr Hals ist zugeschnürt. Sie müht sich, strengt sich an, kämpft. Doch aus ihrer Kehle dringt nur schales Krächzen.

»Das war ein Traum!« Kilian hält seine Schwester im Arm.

Der Pyjama klebt ihr am Körper. Sie zittert. Ringt nach Atem.

»Alles ist gut, Tanie!« Er drückt sie an sich. Seitdem sie die Leiche entdeckt haben, hat sie Alpträume.

Es war an einem Sonntag vor drei Wochen. Nach Toast und Marmelade brachen Tanie und Kilian zu einem Spaziergang auf. Sie wanderten durchs Burgholz, wie sie es häufig taten, folgten der Route des Städtelaufs, waren gutgelaunt, alberten ein bisschen herum. Er hatte den Auftrag der Molkerei Kesse an Land gezogen und sie einige freie Tage vor sich.

Löffelenten segelten auf dem Burgteich, wo einst die sagenhafte Ritterburg mitten im Wasser gestanden hatte, pflügten Berge und Täler in den See, tauchten und federten wie Ballons zurück an die Oberfläche. Blütentupfen hauchten den ersten Farbschimmer über die Orchideenwiese. Vogelstimmen hallten von Baumkrone zu Baumkrone. Die Luft war voller Geschnatter, Zwitschern und fernem Hundebellen. Wachsendes Gras, Moos und Erde vereinten sich zu einem Duft, wie es ihn nur zwischen Ostern und Vatertag gibt. Und manchmal, wenn die sanfte Brise ein paar Blätter zum Pendeln brachte, befreite sich ein Sonnenstrahl und leuchtete ihnen entgegen. Es war einer jener Frühjahrsmorgen, an denen Eis und Schneetreiben zu einem Märchen erblühen. Fern der Vorstellung, das Böse könnte hinter der nächsten Ecke lauern.

Sie schlenderten den Forstweg entlang, und an der Bühne des Waldtheaters fiel Tanie ein wehender Schleier auf. In der warmen Jahreszeit finden hier Konzerte statt. Vor allem Kammerorchester haben ihre Auftritte und schicken ihre Streichmusik ins Burgholz und weiter bis auf die benachbarten

Grundstücke. Das sind die Momente, in denen Kilian und Tanie es sich auf den Gartenliegen bequem machen. Sie genießen es, in diesem sympathischen Dörfchen nahe der Via Imperii zu wohnen, der alten Handelsstraße, in dem Häuschen, das ihnen die selige Tante Aurelia vererbt hat.

Sie stiegen die drei Stufen hinauf und betraten das Podium. Eine junge Frau ruhte ausgestreckt in einem langen fließenden Gewand auf den Dielen. Wie aufgebahrt. Fast sah es so aus, als würde sie für Dornröschen proben, wären nicht die entstellten Gesichtszüge gewesen. Abwehr hatte die Lider zu einem Spalt verengt, Oberlippe und Wangen angehoben. Die nackte Zahnreihe zeugte von einem letzten Widerspruch.

Tanie sah wie gebannt auf das Antlitz der Toten. Um ihre Taille war der Stoff des Kleides rot getränkt. Blut. Es war ganz offensichtlich kein Unfall oder etwas in der Art gewesen. Nein, garantiert nicht. Auf der Bühne des Waldtheaters lag ein Mordopfer. Das Grausame des Augenblicks mischte sich mit dem Frühlingserwachen.

Per Handy rief Kilian die Polizei und mit der Funkstreife kamen Kriminalhauptkommissar Muller und sein Assistent Bernhard Brans in einer 70er-Jahre-Klapperkiste.

»Möchtest du einen Tee?«, fragt Kilian und zieht das Plumeau über Tanies Schultern.

»Nein, danke.«

Bei dem Leichnam handelte es sich um die sechzehnjährige Julia Schneider, eine Schülerin aus Meßbach. Ihre Eltern hatten sie als vermisst gemeldet. Wie sich herausstellte, hatte der Täter sein Opfer mit einer Säge halbiert.

2

»Ich krieg die Bilder nicht aus dem Kopf.« Sie weint.

»Das wird sich legen«, tröstet er. »Es braucht eben seine Zeit.«

»Verfolgt dich die Szene nicht?«

Kilian verneint. »Seit dem Unfall …« Er lässt den Satz unbeendet. Der damalige Schock hatte eine Menge seiner Gefühle gelöscht und ein graues Nichts hinterlassen.

Tanie glaubt fest daran, etwas Dramatisches, Schicksalhaftes wird ihn aus diesem emotionalen Loch herausholen. Inzwischen versteht er es, sich mit Ironie und Humor zu panzern. Sie nennt das lachen statt weinen.

»Tut mir leid, wenn ich dich vorhin erschreckt habe mit dem Taschentuch. Ich wollte eigentlich nur die Spannung rausnehmen. Ich will alles versuchen, damit diese Tragödie nicht dein Leben bestimmt. Das darf nicht sein!«

»Ist schon gut«, sagt sie.

»Na, wenn das so ist«, funkelt der Schalk in seinen Augen, »hast du denn wenigstens was Sachdienliches geträumt? Einen Hinweis auf den Killer? Vielleicht einen Namen oder eine Hausnummer?«

»Du bist unverbesserlich!« Tanie lacht.

»Oder die Marke der Säge?«

Sie schubst ihn vom Bettrand.

»Nein? Dann aber zackig, Schwesterlein, auf in die zweite Runde und mal richtig aufgepasst. Die Angstträume sollen sich doch lohnen.«

»Hau jetzt endlich ab!« Sie schmeißt ihm ihr Kissen nach und Kilian verschwindet im Flur.

»Der Laborbericht ist da. Hab ihn gleich ausgedruckt.« Bernhard Brans legt die Mappe vor seinen Chef.

»Das ging aber flott«, freut sich Muller.

»Die schieben neuerdings auch Nachtschichten.«

»Fein. Nach der gestrigen Episode hat die Rentzsch gewiss längst die Presse alarmiert. Da ist es gut, was in der Hand zu haben.« Muller sieht zu seinem Partner, der sich an den Schreibtisch setzt und Daten in den Computer hämmert.

»Diese Thadine Rentzsch kommt sich sehr wichtig vor. Zeugin in einer Mordermittlung! Hab ihr dummerweise meine Karte gegeben. Hat mich sogar schon aus dem Bett geholt, wegen Gepolter und huschender Schatten.« Lächelnd denkt er an ihren Bruder. Stellte sich als Verkehrssünder vor, ohne eine Miene zu verziehen: »Verhaften Sie mich! Ich bin mit einem Autoschlüssel bewaffnet.« Erinnert ihn an Kevin Bacon. Ein Jungenstyp, der nie richtig zu altern scheint. Schwer zu schätzen, in den Dreißigern. Spricht nicht viel. Und wenn, dann scharfzüngig, trocken, in süffisantem Ton.

»Ganz schön umfangreich für so ein simples Taschentuch samt Beauty-Case, was Chef?«

Muller blättert im Bericht und beginnt zu lesen.

»Sicher alle reingerotzten Bakterientypen klassifiziert«, lässt sich sein Mitarbeiter aus. »Ordnung, Familie, Gattung, Art. Dass die im Labor immer übertreiben müssen.«

Das Grinsen um Mullers Mundwinkel welkt. »*Meisdrack, geriehrter*!«, murmelt er und Brans hebt eine Braue.

Gewiss amüsiert den Kollegen seine Art, Ärger mit Kraftsprüchen zu garnieren, vorzugsweise in Dialekt. Die Eigenschöpfung Mäusedreck oder gerührter Mäusedreck ist der Favorit unter seinen Flüchen.

»Etwa ein seltener Bakterienstamm?«, sorgt sich Brans. »Doch nicht Pest, Cholera oder Milzbrand?«

»Milzbrand?« Muller ist kurz verwirrt. »Ach was! Viel schlimmer!«

Kilian nippt an seinem Morgenkaffee, schwarz wie Erdöl. Er beobachtet Sandras Häuschen und die goldgelben Ginsterblüten. Hat sie nicht immer das Küchenfenster offen, wenn sie sich was brutzelt? Früh brät sie sich gern Spiegeleier und dann isst sie bis zum Abend nichts mehr. Und wehen nicht für gewöhnlich Stimmen und Liedfetzen der Radiosendung »Thirty Nine Get Up« herüber, die Plauens neununddreißig Stadtteile in den Tag trällert?

Tanie schlurft in die Küche. »Wie spät ist es denn?«

»Acht durch.«

»Dann ruf ich sofort bei Sandra an.« Als Tanie nach dem Mobilteil greift, klingelt es an der Haustür.

»Ich gehe.« Kilian versenkt seinen Becher im Abwaschbecken und verlässt den Raum.

»Tach, Herr Rentzsch«, begrüßt ihn der Postbote. »Ich habe ein Päckchen für Frau Berg. Bin zwar heute früher dran, aber sie ist wohl schon fort.«

»Kein Problem. Ich nehme es an.«

»Das ist fein.« Böhm knipst das Pen Pad an. »Gestern hat es einen Polizeieinsatz gegeben?«

Wenn alle Stricke reißen, der Buschfunk funktioniert reibungslos. Im Telegrammstil erzählt Kilian von den Ereignissen der letzten Nacht. »Und wie geht es Ihrer Mutter?«, erkundigt er sich und malt einen Kringel auf das Display.

»Nicht wirklich besser«, bedauert Böhm.

»So ein Leiden ist langwierig. Sie sind da sehr selbstlos. Das würde nicht jeder tun.«

»Da mögen Sie recht haben. Aber ist man das seiner Mutter nicht schuldig?« Böhm reicht ihm die Sendung. »Noch einen schönen Tag. Und grüßen Sie Ihre Schwester!«

Netter Kerl, dieser Böhm, denkt Kilian auf dem Weg durch den Korridor. Kümmert sich rührend um seine Mutter, die vor einem Jahr einen Schlaganfall erlitten hat.

»Sie nimmt nicht ab«, klagt Tanie.

»Herr Böhm hat sie auch nicht angetroffen«, berichtet er und legt das Päckchen auf den Küchentisch. »Sie wird früh ins Büro gefahren sein. Hast du es schon auf ihrem Handy probiert?«

»Nur die Mailbox. Allmählich bin ich richtig beunruhigt. Ich gehe jetzt mal rüber.«

»Ich komme mit.«

»Ach«, staunt Tanie. »Freiwillig? Du warst doch gestern der Meinung, da sei eh nichts mehr zu machen.«

Kilian schmunzelt. »Ich hol nur meine Schuhe.«

»Kannst du was erkennen?«

Kilian hält sich am Vordach fest und zieht sich hoch, um in die Küche zu sehen. »Scheint alles wie üblich. Nichts Besonderes.«

Tanie klingelt und klopft. »Sandra? Bist du da? Mach bitte auf!«

Kilian drückt die Klinke hinunter. Es gibt keinen Widerstand, die Haustür öffnet sich.

»Was hat das zu bedeuten? Wieso ist nicht abgeschlossen, wenn doch offenbar niemand daheim ist?« Tanie schaut ihren Bruder erschrocken an. »Sandra? Wir kommen rein!« Ihre Worte bleiben ohne Echo.

Die zwei betreten das Haus.

»Mir ist ganz schlecht«, wispert sie.

»Jetzt wird nicht gequengelt, Jungfer Rentzsch!«

An der Garderobe hängt ein Regenmantel. Daneben ein brauner Schirm mit hellen Punkten. Schlüsselhaken. Hausschuhe. Spiegel. Auf einem Schränkchen am Fuß der Treppe steht die Yucca-Palme, die sich Sandra kürzlich gekauft hat. Im Wohnzimmer ist aufgeräumt, die Kissen sitzen artig in den Sofaecken. Die Zuckerwürfel, wie Tanie die Möbel nennt, wirken unverändert. Auf dem Couchtisch liegt die Fernsehzeitschrift. Die Seite über Reportagen von vorgestern ist aufgeschlagen.

In der Spüle stehen ein Teller mit Besteck, eine Tasse und eine kleine Pfanne. Arnolds Näpfe sind leer. Nur eine Neige Wasser. Bis auf ein paar einsame Pfefferkörner unter dem Fenster scheint alles an seinem Platz.

»Sie ist wohl beizeiten los, unmittelbar nach dem Frühstück, und hat in der Eile das Zuschließen vergessen«, folgert er.

»Das schmutzige Geschirr ist nicht von heute«, bemerkt Tanie. »Die Kaffee- und Eireste sind schon eingetrocknet. Und es riecht auch nicht nach frisch Gebratenem.«

»Schnupfen und Appetit harmonieren eben nicht miteinander und dann fehlt auch die Energie für den Abwasch.«

Nachdem sie das Erdgeschoss nach Sandra abgesucht haben, schleichen sie die Stufen in den ersten Stock hinauf. Die Wände im Treppenhaus sind bebildert mit PR-Material, das Sandra kreiert hat. Werbeentwürfe, Zeichnungen, Aufnahmen. Kilians Lieblingsfoto ist *Goldzeit* – schwarzweiß, eine Hausecke, bröckelnder Putz, Mauerwerk, Mülltonnen und ein golden glänzender Wagen wie aus dem Autohaus.

Die Schlafzimmertür ist angelehnt. Mit der Hand auf der Klinke registriert Kilian die ängstlichen Augen seiner Schwester. Zögernd schiebt er den Türflügel auf. Zentimeter für Zentimeter vergrößert sich der Spalt.

»Was soll denn das heißen?« Muller brüllt in den Hörer. »Da ist doch was verwechselt worden! … Wie? … Das glaub ich nicht! … Ach, viel zu tun. Das haben wir hier auch!« Er beendet das Gespräch und knallt das Telefon auf den Schreibtisch.

»Und was meinen die im Labor, Chef?«

»Dass das genau so stimmt.«

»Das gleiche Zeichen und die gleiche Tinte wie bei Julia Schneider?«

»Sie sagen es, Brans. Das gleiche Zeichen, der gleiche rote Permanentmarker. Da sind sie sich hundertprozentig sicher.«

»Na dann, gute Nacht und kein Bett.«

»Auf geht's, Brans, wir fahren raus.«

Tanie und Kilian spähen durch die halb geöffnete Tür. Es ist stickig in Sandras Schlafzimmer. Die Vorhänge sind zugezogen und sorgen für einen farblosen Schleier, der die Möbel unter einem Dämmerschein begräbt.

»Lass uns gehen«, flüstert sie. Sie vermutet die Nachbarin in tiefem Schlummer im Bett, kommt sich wie ein Eindringling vor, der hier nichts verloren hat.

»Wir sehen jetzt nach«, entscheidet Kilian. »So fest kann keiner schlafen.«

Eine Diele knackt und Tanie fährt der Schreck in die Glieder. Sie schluckt. »Bist du sicher?«, vergewissert sie sich.

Das Telefon klingelt. Kilian zuckt zusammen. Es ist ein nostalgisches Läuten wie von den Apparaten mit Wählscheibe. Die Töne schrillen durchs Haus, werfen sich von einer Wand zur nächsten. Er seufzt.

Der Anrufbeantworter schaltet sich ein. »Guten Morgen, Frau Berg! Wir vermissen Sie in der Firma. Rufen Sie doch bitte zurück!«

Kilian stößt die Tür auf. Tanie schreit und japst nach Luft. Ein Mann steht am Schrank. Nackt. Bleich. Die Arme verschränkt. Der Kopf fehlt. Unter Kinn und Kiefer abgetrennt. Ein Torso auf Beinen.

»Das ist bloß eine Schaufensterpuppe, Tanie. Ein stummer Diener.« Er knipst das Licht an.

Sie starrt ungläubig auf den Kunststoffleib. Stockend fügt ihr Verstand ein Teilchen der Szenerie ans andere. Allmählich beruhigt sie sich. Das Bett ist leer. Von Sandra keine Spur.

»Nun mal der Reihe nach.«

Sie sitzen im rentzschen Wohnzimmer und Kilian geht das Einfältige an Kommissar Muller gehörig auf die Nerven. Ist das eine Taktik à la Columbo? Für so pfiffig hält Kilian den Polizisten allerdings nicht.

»Wenn Sie das Taschentuch erkannt haben, warum haben Sie gestern Nacht kein Wort davon gesagt?«

Rätselhaft, wie dieser Stiesel es zum Kriminalhauptkommissar gebracht hat. Das wirft gar kein gutes Licht auf seine Kollegen.

»Na, jedenfalls ist Frau Berg verschwunden«, kombiniert Muller. »Im Haus gibt es keinerlei Anzeichen für einen Kampf oder einen Raub. Sieht nicht nach einem Überfall aus.«

Jeder Fünfjährige hätte die gleichen Schlüsse gezogen.

»Was hat denn die Analyse des Taschentuchs ergeben?«, erkundigt sich Tanie, die sich inzwischen von dem Schock mit der Schaufensterpuppe erholt hat.

»Es handelt sich um eine Spezialanfertigung, die nicht auf dem freien Markt erhältlich ist. Und wir haben Tintenspuren sichergestellt, die zu Beweismaterial im Fall Julia Schneider passen könnten.« Muller zögert kurz. »Das muss aber noch genauer untersucht werden«, schwindelt er.

Tanie wirkt betroffen.

Schnell fragt er: »Wohnen Sie schon lange hier?«

»Ungefähr zehn Jahre«, erzählt sie. »Unsere Tante hat uns dieses Haus vererbt.«

»Kennen Sie Sandra Berg gut?«

Muller schaut Kilian an, der sich nach einem Niesen die Nase putzt, doch Tanie erwidert: »Wir haben uns öfter unterhalten und auch mal was geliehen, ein Stück Butter, ein Ei, das Übliche unter Nachbarn. Ab und an hab ich einen Tee bei ihr getrunken oder sie saß bei uns, so im Vorbeigehen.«

»Worüber haben Sie geredet?«

»Über Alltägliches. Ihre Familie wohnt in Dresden. Sie trifft sie nur selten. Hat seit zwei Jahren eine Stelle bei einer Werbefirma im Stadtteil Oberlosa und hier das Häuschen gemietet. Erinnert sie an daheim.«

»Ihr Wagen steht in der Garage. Wie erreicht sie für gewöhnlich ihren Arbeitsplatz?«

»Sie sitzt ungern am Steuer, nimmt lieber den Bus«, erklärt Tanie. »Für den Heimweg ist sie für so ein Anruftaxi vorgemerkt. Und dienstags fährt sie bei einem Kollegen mit.«

»War sie zuvor schon mal abgängig? Haben Sie da was bemerkt?«

»Nicht, dass ich wüsste.«

Muller mustert Kilian. »Freunde?«

Sie denkt nach. »Niemand Spezielles, den ich da nennen könnte.«

»Und Sie, Herr Rentzsch«, forscht er, »sind Sie mit Sandra Berg besser befreundet?«

»Wie kommen Sie denn darauf?« Tanie ist überrascht.

»Sie ist eine hübsche Person, ich habe ihr Foto gesehen. Und Sie sind in derselben Branche beschäftigt.«

»Ich bin nicht mit allen hübschen Personen näher bekannt, Herr Muller, selbst wenn ich es gern wäre. Sie werden es vielleicht nicht glauben, aber ich habe sogar Kontakt zu abstoßenden, unansehnlichen Typen, die schwer von Kapee sind.«

»Möchten Sie noch einen Tee?«, bietet Tanie an und greift zur Kanne.

Muller lehnt ab. »Könnte ich fix mal Ihr Bad benutzen?«

»Natürlich. Ich zeige Ihnen den Weg.« Kilian führt ihn ins Obergeschoss. »Die Spülung unten ist kaputt.« Mit diesen Worten öffnet er die Tür zu einem großzügigen Raum, der mit dunklem Naturstein gefliest ist. Offener Duschbereich und Granitwaschbecken. Ein deutlicher Kontrast zum eher verspielten Wohnzimmer mit Korbmöbeln und Balken, kleinen Antiquitäten und gerahmten Spiegeln im Vintage-Stil.

»Das Bad habe ich eingerichtet«, kommentiert er Mullers Staunen, dann lässt er ihn allein.

Kurz darauf meldet Brans, die Spurensuche gegenüber sei fürs Erste abgeschlossen. Muller tänzelt die Treppe hinab, und die beiden verabschieden sich von den Geschwistern Rentzsch.

Kilian steht am Fenster und verfolgt, wie die Streifenwagen abfahren und die Sicht auf Sandras Haus freigeben.

»Dieser Muller«, resümiert Tanie und trägt das Geschirr in die Küche. »Er ist eben nicht im Bilde. Woher soll er auch wissen, dass du seit dem Unfall keine Bindung mehr eingegangen bist.«

Er niest.

»Du wirst dich doch nicht erkältet haben?«

»Nein, nein. Da kitzelt nur was in der Nase.«

»Denkst du nicht ab und zu daran, wie es wäre, wieder eine Freundin zu haben?«

Eine Freundin. Daran gedacht hat er oft. In seinem Arbeitszimmer holt Kilian den Skizzenblock hervor. Er zeichnet am liebsten stromlos, auch wenn der gemeine Grafiker von heute vorwiegend am Digitizer entwirft. Der Molkereiauftrag drängt. Ein neues Logo muss her und ein knackiger Slogan. An der Produktpalette sitzt er schon eine Woche, um ein Glas Milch unwiderstehlich lecker zu machen. Dabei verabscheut er das weiße Zeug. Zudem sträubt er sich, die Legende um gesunde Milch zu fördern, anstatt sie vom Sockel zu stoßen. Doch seine Gedanken wandern.

Muller hat sich zwar reserviert geäußert, aber Kilian ist sicher, die Spuren auf dem Taschentuch stammen von derselben Sorte Tinte, die auch irgendwie bei der Schülerin ermittelt wurde. Wie ist das möglich? Kann das Zufall sein?

Die Kleckse waren rot. Rote Tinte also? In puncto Julia Schneider meinte Muller kaum die Verfärbung auf dem Kleid. Das war eindeutig Blut. Der Täter musste also eine signifikante Spur hinterlassen haben. Eine Tatsache, die die Polizei bewusst zurückhält, denn in den Zeitungen stand bislang nichts darüber. Wie haben die Flecken auf dem Taschentuch bloß ausgesehen? Er ärgert sich. Warum hat er sie nicht genau untersucht?

Laut Muller ist das Tuch von der Straße eine Sonderanfertigung und nicht im Laden zu kaufen. Das ist keine Überraschung. Schließlich hatte Sandra das Motiv entworfen, in der Agentur für Werbeartikel. Der Kunde hat nicht sämtliche Päckchen abgenommen. Daher ist sie mit einem kleinen Vorrat ausgestattet. Am Rand der Taschentücher befindet sich ein geometrisches Muster aus Dreiecken in Schwarz und Grün. Hier im Studio muss noch irgendwo eine Packung herumfliegen, die sie ihm einmal gegeben hat.

Seltsam, dass er das Dekor nicht gleich erkannt hat. Selbst als Tanie es ihm unter die Nase hielt. Mitunter spielt ihm sein Gedächtnis einen Streich. Auf Julia Schneider konnte er sich anfangs ebenso wenig besinnen, obwohl er sie des Öfteren beim Sonnenbaden beobachtet hatte, in ihrem gestreiften Bikini und mit dem Strohhut, um den ein blauer Schal gewunden war. Der schneidersche Garten ist trotz seiner Distanz von seinem Studio in der obersten Etage gut einzusehen.

Julia – wieso lag sie so offen auf dieser Waldbühne, exponiert, dargeboten, wo sie jedem Spaziergänger auffallen musste? Der Öffentlichkeit präsentiert. Zur Schau gestellt. Und wo zum Donnerwetter steckt Sandra?

»Heute ein paar dunkle Strähnchen, Frau Rentzsch? Geben Ihrem hellen Grundton mehr Struktur und Volumen. Sie werden begeistert sein.«

»Ach, Matteo«, überlegt Tanie. »Ich glaube, das dauert mir

gerade zu lang. Bin eher für einfaches Nachschneiden. Verschieben wir das doch besser.«

»Kein Problem! Ganz wie Sie wünschen.« Signor Matteo, der mobile Figaro, besucht Tanie monatlich. Er kutschiert mit einem bunten VW-Bus durch die Region, der schon von weitem auf die verrückten englischen Farbcremes hinweist, die er im Angebot hat. Von Dark-tulip über Apple-green bis Apricot. Mit dem Transport seiner gut sortierten Ausrüstung erspart Signor Matteo seinen Kunden das Warten und Sitzen im Salon. Er hat ein feines Gespür dafür, was Tanie steht, und berät sie erstklassig.

»Viel Polizei in Meßbach momentan«, bemerkt er und klammert ein Haarbüschel fest.

»Ja«, bestätigt sie. »Sandra Berg ist verschwunden. Seit gestern Abend. Wohnt vis-à-vis.«

»Ach, ich weiß schon. Hat schöne lange Haare.« Er zieht eine Strähne durch zwei Finger und schneidet den Überstand ab.

»Ich hoffe ja, es gibt eine harmlose Erklärung für ihr Verschwinden.«

»Bestimmt. Mein Vater hat das auch drauf«, plaudert Matteo. »Sie kennen ihn doch. Eben sitzt er noch in der Badewanne, im nächsten Moment spielt er Minigolf in Syratal oder fährt mit der Parkeisenbahn.«

Tanie bezweifelt, dass sich Sandras Verschwinden mit der Wanderlust von Matteos Vater vergleichen lässt, der mit den Jahren etwas desorganisiert und konfus durch den Tag steuert. »Aber die Kripo hat Spuren entdeckt, die auch zu Julia Schneider passen könnten«, entgegnet sie.

»Der toten Schülerin?«

»Hm. Ich mach mir ernsthaft Sorgen.«

Es klopft an der Studiotür. Tanie trottet herein. »Ich hab gar keine Ruhe.« Sie sinkt auf einen Stuhl am kleineren Zeichenbrett.

»Schon fertig?«, bestaunt Kilian ihre Frisur. »Das ging aber schnell.« Geistesabwesend spitzt er einige Bleistifte.

»Wollen wir mal die Gegend absuchen?«

»Tanie, das hat die Polizei längst gemacht.«

»Die haben sich doch nur das Haus vorgenommen und höchstens den Garten im Vorbeigehen. Die könnten was übersehen haben.«

»Wahrscheinlich gibt es gar nichts zu übersehen. Und das mit dem Taschentuch ist irgendein komischer Zufall. Sie wird Freunde besuchen oder zu ihren Eltern gefahren sein. Eine dringende Familiensache vielleicht.«

»Dann lässt sie doch nicht ihren Wagen stehen«, wendet sie ein. »Und informiert nicht mal die Firma.«

Kilian hebt die Schultern. »Weiß der Himmel, was sich in toupierten Frauenköpfen alles tut.«

»Du Chauvi!«, ärgert sich Tanie.

»Solange du noch auf hirntote Sprüche reagierst, Schwesterchen, bin ich optimistisch.« Er zwinkert ihr zu. »Trotzdem wäre es ja möglich, dass es irgendwas in der Verwandtschaft ist. Kann man nicht völlig ausschließen.«

»Möglich, ja, aber ziemlich abwegig. Das hätte die Polizei doch längst herausgefunden.« Sie spielt mit einem Fasermaler. »Mach schon, nur mal gucken«, bittet sie. »Auf ihrem Grundstück und bissel drumrum. Schadet doch nicht.«

»Ganz schön verwildert hier hinten«, befindet Kilian.

»Das ist Absicht. Arnold soll sein Revier im eigenen Garten haben, mit allem, was die Natur zu bieten hat. Er läuft dann nicht so weit, hofft Sandra. Wo ist der Bursche eigentlich?«

»Hab ihn länger nicht gesehen. Er ist und bleibt eben ein Streuner.«

»Hier ist das Gras ziemlich niedergetrampelt«, stellt Tanie beim Holzstapel fest.

»Ob das frisch ist?«, bezweifelt er. »Könnte auch vom Regen oder von den Beamten sein.«

Sie quälen sich durch eine Lücke im feuchten Gestrüpp, bis sie sich zum Acker vorgearbeitet haben.

»Du gehst am besten am Feldrand«, schlägt Tanie vor. »Ich nehme den Pfad im Wäldchen.«

Einen Steinwurf auseinander steuern sie auf die Straße zu. Tanie sondiert den Weg unter den Erlen. Mit einem Ast fegt sie Farne und Brennnesseln zur Seite, wendet Laub, sucht inmitten von Becherlingen nach einem Anhaltspunkt.

»Hast du was?« Nahe der Fahrbahn wechselt sie zu ihrem Bruder auf den engen Streifen, der das Feld vom Gehölz trennt.

Er schüttelt den Kopf.

»Tag zusammen!«

»Hallo Niklas«, grüßt Kilian den Sohn von Klaus Fischer, der seine Schwalbe auf der linken Straßenseite schiebt. »Maschine kaputt?«

»Der Vergaser«, stöhnt er.

Niklas ist der Letzte, der Julia Schneider lebend gesehen hat. Auf seinem Moped nahm er sie ein Stück mit und setzte sie an der Bäckerei Wichmann ab, zweihundert Meter von zu Hause entfernt. Julias Eltern sollten weder den Umgang mit ihm noch die Heimfahrt bemerken.

»Mein Vater hat erzählt, die Polizei war gestern Nacht da.« Er bleibt stehen. »Ist was passiert?«

»Bis jetzt nicht, wenn man von Julia mal absieht.«

»Ja, die Sache mit Julia. Ist mir ganz schön an die Nieren gegangen.«

»Ihr wart doch in einer Klasse, nicht wahr?«, mischt sich Tanie ins Gespräch.

»Hm.«

»Hast du da die Tage vorher was beobachtet? War sie verändert?«

»Nee, die war wie immer. Zickig, wie Weiber eben so sind.« Prompt besinnt er sich und meint halbherzig, »Oh, Entschuldigung! Anwesende natürlich ausgeschlossen.«

»Na, das ist ja ein Früchtchen«, staunt Tanie, während sie mit Kilian den Feldrain zurückläuft und Niklas seinen Heimweg fortsetzt. »Von wegen ›ganz schön an die Nieren gegangen‹ !«

»Du wirst doch nicht rumzicken, du Weib«, scherzt Kilian.

»Kein Wunder, dass Herr Fischer mit dem Lümmel nicht fertig wird.«

»Bist du da nicht zu voreilig?«

»Ja, vielleicht«, stimmt sie zu, »aber mich nervt das blöde Gequatsche.«

»Sechzehn, Tanie, er ist sechzehn. Manche stecken da noch bis zum Hals in der Drauf-geschissen-Phase. Was mir allerdings schleierhaft ist: Warum hat er das zickige Gör überhaupt mitgenommen?«

Doch Tanie geht nicht mehr darauf ein. Sie runzelt die Stirn. »Was ist denn das da?«

»Was denn?«

»Na, das da, neben deinem Fuß?«

»Wir haben eine neue Vermisstenmeldung, Chef.«

Muller hat Anweisung gegeben, jede Anzeige mit allen Einzelheiten unverzüglich an ihn weiterzuleiten und die Angehörigen zu ihm zu schicken.

»Schon wieder? *Könnst de Hack aufdrogn!*«, ächzt er. »Wer ist es diesmal?«

»Eine Lehrerin. Sie unterrichtet an einer Montessori-Grundschule in Plauen, Lessingstraße. Hat sich gestern nicht zu Hause eingefunden. Wohnt in Straßberg.«

»Straßberg? Das ist doch in der Nähe von Meßbach.«

Brans bejaht und Muller liest die Nachricht. »Na, bravo! Soll das jetzt so weitergehen, im Vierundzwanzigstundentakt?«

Die Tür geht auf.

»Für Migrationsberatung sind Sie falsch«, instruiert Brans einen Mann in mittleren Jahren, »die ist ein paar Straßen weiter. Ich gebe Ihnen die Adresse.« Er zieht die Rollkartei mit der Sammlung aus Geschäftskarten heran.

»Ich heiße Okoro. Bijan Okoro. Ich bin wegen meiner Frau hier.«

Brans schaut wie ein flehmendes Pferd. Ein Gesichtsausdruck, den Muller nicht treffender beschreiben kann. Leicht geöffneter Mund, die Lippen angehoben, die Zungenspitze vorgestreckt mit schläfrigem Blick. Es lässt sich nur spekulieren, ob er dabei Witterung aufnimmt oder ihn gar eine Kolik plagt.

Kein Zweifel besteht allerdings daran, dass Bernhard Brans ein brauchbarer Beamter ist. Bisschen eingefahren ab und an, nach Schema F, dann behäbig mit schöpferischen Pausen, doch stets guter Laune. Er trägt nie etwas nach und ist daher der ideale Partner für Muller, der selbst seine Rede kaum abwägt. Oft geradeaus und rüde verzichtet er selten auf eine taktlose Bemerkung, wenn sie ihm angemessen erscheint. So hat er keine Skrupel, Umstandskrämer und Begriffsstutzer mit ihren Wesenszügen zu konfrontieren. Wozu sich Gedanken über Gedanken machen? Raus mit allem, was keine Miete zahlt, ist Mullers Devise. Natürlich kann er einfühlsam sein, wenn es darauf ankommt. Aber meistens kommt es nicht darauf an. Der Dickhäuter Brans ist da genau der Richtige an seiner Seite.

»Waris Okoro. Das ist meine Frau«, fügt der Mann hinzu.

»Bitte treten Sie ein, Herr Okoro.« Muller rückt dem Besucher einen Stuhl zurecht. »Setzen Sie sich bitte. Und Brans, bringen Sie mal was zu trinken!«

Der Kollege mimt weiter das flehmende Pferd.

»Hey, Brans? Was ist denn? Nun machen Sie schon!«

»Ich bin höchst besorgt und frage mich, warum man mich zur Mordkommission geschickt hat.«

»Da kann ich Sie beruhigen. Wir ziehen hier alle an einem Strang und arbeiten vorrangig präventiv.«

»Gibt es denn bereits einen Hinweis?«, erkundigt er sich.

»Bisher nicht. Doch es sind ja erst wenige Stunden vergangen. Haben Sie denn gar keine Idee, wo sich Ihre Frau aufhalten könnte?«

»Gestern war Elternabend. Spätestens halb elf wollte sie daheim sein. Aber sie kam nicht, ging auch nicht ans Handy. Halb zwölf habe ich sie gesucht. Ihr Wagen war auf dem Possigweg abgestellt.«

Brans kehrt mit einer Flasche Wasser zurück und füllt ein Glas.

»Sie ist immer pünktlich und zuverlässig. Da muss was passiert sein.« Bijan Okoro trinkt einen Schluck.

»Nicht unbedingt. Oft gibt es eine ganz simple und harmlose Erklärung«, versucht Muller ihm Mut zu machen. Aber aus irgendeinem Grund glaubt er selbst nicht recht daran. »Wir sind am Ball, Herr Okoro.«

»Und was kann ich tun?«

»Bleiben Sie in erster Linie erreichbar und hören Sie sich bei allen um, die Sie kennen. Bekannte, Freunde, Verwandte. Wenn Sie etwas erfahren oder Ihnen noch eine Sache einfällt, rufen Sie mich an. Auch, wenn es nur eine Kleinigkeit ist.« Er reicht ihm seine Karte.

Okoro bedankt sich. Wie in Zeitlupe bewegt er sich zum Ausgang. Leise schließt sich die Tür hinter ihm.

»Sympathisch«, sagt Muller.

»Das täuscht, Chef. Wahrscheinlich hat er seiner Frau persönlich geholfen, über die Klinge zu springen. Die Statistik belegt doch, meistens sind die Ehegatten die Täter.«

»Noch gibt es hier keinen Täter. Die Frau ist bloß verschwunden. Vergessen Sie das nicht.«

Das Telefon klingelt. »Ich mach das schon.« Muller drückt die grüne Taste, um das Gespräch anzunehmen. »Mordkommission Plauen, Hauptkommissar … Ah, Frau Rentzsch, ich grüße Sie!« Er verzieht das Gesicht. »Was kann ich für Sie tun? … Und wo war das? … Sind Sie sicher?« Seine Lippen pressen sich aufeinander und die Brauen wandern nach oben. »Bin unterwegs … Ja … Bis gleich.«

»Neuigkeiten?«, hakt Brans nach.

»Es ist ein zweites Taschentuch aufgetaucht«, seufzt er. »Auf einem Pfad in Meßbach.«

Gleich neben Sandra Bergs Garten, auf dem Grünweg zwischen Wäldchen und Feld, tütet Muller ein weiteres Motivtaschentuch ein.

»Sieht dem anderen verflixt ähnlich, mit diesen grünen und schwarzen Ornamenten«, schätzt Tanie. »Das stammt doch wieder von Sandra!«

Was ist das bloß, das ihn an Thadine Rentzsch so auf die Palme bringt? An sich ist nichts gegen sie vorzubringen. Ganz ansehnlich, dezenter englischer Look, Anfang dreißig, sportlich, nach Tourismusstudium auf der Gehaltsliste des *Sigma Palasthotels* am Theaterplatz. Und doch ist da etwas Unerklärliches, das ihn sofort zu nerven beginnt, wenn sie in der Nähe ist oder die Rede auf sie kommt.

»Schicke ich umgehend ins Labor.«

»Tun Sie das, Herr Kriminalhauptkommissar. Haben Sie sich denn bemüht, ihr Handy zu orten?«

Meint, sie sei schlauer als die Polizei. »Ja, das haben wir.«

»Und? Was hat sich da ergeben?«

»Es ist an sich nicht erlaubt, darüber Auskunft zu erteilen. Das sind vertrauliche Daten einer laufenden Ermittlung«, versucht er sich Respekt zu verschaffen. Aber dafür dürfte es bei Thadine Rentzsch schon zu spät sein. Ihre Miene ist eisern, sie macht einen gereizten Eindruck.

»Doch weil Sie es sind«, knickt er ein. »Es war umsonst. Keine GPS-Funktion verfügbar. Nur GSM. Vermutlich ist sowieso die Karte oder der Akku entfernt worden. Die Server haben die letzten Positionen gespeichert. Im Fall von Sandra Berg war das Oberlosa, wohl ihr Arbeitsplatz, also die Agentur Kuhn & Ziegler, und bei Waris Okoro der Großraum Straßberg, wo auch ihr Auto stand.«

»Waris Okoro?«

Hoppla, da hat er sich verplappert. Dabei ist längst nicht erwiesen, ob die Ereignisse zusammenhängen. Ist die Rentzsch etwa doch von der cleveren Sorte?

»Wir haben eine zweite Vermisstenmeldung aus der Gegend«, gibt er zu. »Die Örtlichkeiten sind aber derzeit die einzige Verbindung.«

»Und was beabsichtigen Sie in dieser Ausnahmesituation zu tun, Herr Kriminalhauptkommissar?« Tanie ist bestürzt.

Ausnahmesituation! Täglich verschwinden bis zu zweihundertfünfzig Menschen in Deutschland. Da bedeuten zwei abgängige Frauen nicht gleich Alarmstufe Rot.

»Die meisten Vermissten tauchen innerhalb einiger Stunden bis Tage wieder auf.«

»Aber die Sache mit dem Taschentuch und den Tintenspuren sieht gar nicht gut aus.«

Da hat sie leider recht. »Sie können gewiss sein, wir tun unser Menschenmöglichstes. Wir machen das nicht erst seit gestern«, knirscht er. »Wir sind sorgfältig geschult und ausgebildet. Auch ich bin nicht nur aushilfsweise bei der Polizei oder weil ich auf kostenlose Parkplätze spekuliere.«

»Davon gehe ich aus«, behauptet sie und senkt schnell den Blick.

Irrt er sich, oder ist sie bei den Worten aushilfsweise und kostenlose Parkplätze tatsächlich eine Spur rot geworden? Zumindest ein halber Punktgewinn für ihn. Soll er jetzt die Motive seiner Berufswahl ausrollen? Just vor Thadine Rentzsch, die damit am allerwenigsten zu schaffen hat? Was schert sie sein Kummer oder das Handicap seiner Schwester? Das erzwungene Schweigen über die Gründe? Die bitteren Folgen, die Wunden, die von außen nicht zu sehen waren? Er schiebt das private Thema zur Seite. »Wo ist eigentlich Ihr Bruder?«

»Hat einen Termin bei seinem Auftraggeber, Herr Kriminalhauptkommissar.«

Total ätzend dieses ständige Kriminalhauptkommissar, als wäre der Titel komplett unpassend.

»Lassen wir doch die Förmlichkeiten. Ich heiße Muller.« Bestimmt stellt sie sich nun mit Rentzsch vor, denkt er.

»Nennen Sie mich ruhig Tanie, Herr Muller.« Sie stiefelt davon, stoppt unvermittelt und dreht sich zu ihm um. »Rufen Sie mich an, wenn die nächste Frau verschwindet?«

Finsternis umgibt sie und Stille. Sie ist allein. Ab und an ein schallendes Tropfen. Plong. Plong. »Dunkler Tropfe Tod«, weht ihr die Zeile eines Gedichtes in den Sinn. »Dunkler Tropfe, der mir heut in den Becher fiel, in den Becher des Lebens, dunkler Tropfe Tod.«

Es ist frostig und feucht. Bluse und Jeanshose fühlen sich klamm an. In der Luft hängen Moder und Fäulnis. Wie begraben, blitzt es durch ihre Gedanken. Plong.

Hände und Füße sind auf dem Rücken aneinandergefesselt. Die Kehle ist rau und erstickt von Tränen, von Durst, vom Rufen. Ihre Schreie hallen von den Mauern zurück, wie von festem Gestein, ohne Chance, gehört zu werden. Plong.

Es knirscht zwischen den Zähnen. Staub und Dreck haben sich mit Speichel gemischt. Das Blut rauscht in ihren Ohren.

Mit jedem Herzschlag wird es lauter. Sie fühlt sich wund und schmutzig, elend und müde. Furcht, Verzweiflung, Panik wechseln sich ab. Fieberhaft zerrt sie an den Bändern, die die Gelenke abschnüren. Die Finger sind steif. Sie friert. Plong. Plong.

Erinnerungsfetzen. Ein Auto. Warnblinklicht. Eine Person mit Kanister am Straßenrand. Winken. An mehr entsinnt sie sich nicht.

Plötzlich ein Klimpern. Klirren. Ein Schlüssel, der sich in einem Schloss dreht? Ihr wird schwindelig, Angst verbrüht ihre Brust. Schritte nähern sich. Gebündeltes Licht blendet sie. Schutzlos liegt sie da, fängt an zu schluchzen.

»Lassen Sie mich hier raus!«, bettelt sie und blinzelt ins Grelle, das in den Augen schmerzt. »Was wollen Sie von mir? Wollen Sie Geld?«

Ein Messer durchschneidet ihre Fußfesseln. Grob fasst sie eine Hand unter die Achsel und reißt sie hoch.

»Los! Mitkommen!«, befiehlt eine Stimme.

Der kegelförmige Strahl der Taschenlampe beleuchtet den Weg aus Erde und Pflaster. Sie stolpert, ist unfähig, sich hochzustemmen. Ihre Füße finden keinen Stand. Die Hand packt sie am Oberarm und schleift sie auf der Hüfte den düsteren Gang entlang.

Durch einen Schleier aus Tränen wird es schlagartig hell. Die Bilder sind unscharf, flirrende Lichtstreifen, verzerrte Farben, Reflexe. Ein Ort voller Scheinwerfer. Sie kauert am Boden, der hier von einem mehligen Belag überzogen ist. Was ist das? Bröckelig, aber weich. Dazu ein kerniger Geruch. Sie kann nicht einordnen, worum es sich handelt.

Allmählich klärt sich die Sicht. In der Mitte des Raumes steht ein henkelloser Weidenkorb. Daneben verbirgt eine Decke einen klobigen Gegenstand und zeichnet Umrisse aus Ecken und Kanten. Ein hoher Stuhl? Eine Staffelei? Ein Regal? Sie weiß es nicht, kommt sich machtlos vor und verlassen. Mit einem Ruck zieht die Hand die Plane fort. Was ist das für ein hölzernes Gerät? Ähnelt einem Türrahmen. Was soll das hier, um Gottes willen?

Sie mustert den oberen Teil des Gestells, eine Art Spiegel. Das glänzende Blatt eines Spatens? Träge versucht sie, die Einzelheiten zu verknüpfen. Und dann begreift sie. Der Korb und sein Zweck drängen sich mit immenser Wucht ins Bewusstsein. Die Erkenntnis trifft sie wie eine Lawine. Sie spürt, wie ihr die Sinne schwinden.

Muller sitzt im Schein der Schreibtischlampe. Er macht Überstunden, nicht zum ersten Mal. Bemüht sich, einen Zusammenhang zu erkennen, der womöglich gar nicht existiert. Aber wenn doch, kann er schneller sein, vielleicht um jenes Quäntchen, das den Ausschlag gibt.

Er steht auf, umrundet seinen Bürotisch, wie ein Raubtier seine Bahnen entlang der Gitterstäbe zieht.

Familie Schneider meldet ihre Tochter Julia als vermisst, nachdem Niklas Fischer sie an der Bäckerei Wichmann in Meßbach abgesetzt hat. Dort verliert sich die Spur. Niklas und Julia sind Klassenkameraden in der Kästner-Oberschule in Thiergarten.

Thadine und Kilian Rentzsch stoßen im Burgholz auf Julia Schneiders Leiche, an der Gürtellinie zersägt von einer Art Fuchsschwanz mit großen Zähnen oder Einmann-Schrotsäge, die in jedem Baumarkt oder Werkzeughandel zu kaufen ist. Beide Körperteile mit handelsüblichem Garn und laienhaften, aber bemühten Stichen zusammengenäht. Ansonsten unverletzt bis auf blaue Flecken und Hautabschürfungen, vorwiegend an den Handgelenken und Knöcheln, und einer verfärbten Stelle am rechten Jochbein. Nichts spricht für ein Sexualdelikt, kein Anhaltspunkt für eine Vergewaltigung, Julia ist noch Jungfrau gewesen.

Sandra Berg, Nachbarin der Rentzschs, wird von ihrem Kollegen Tobias Seyfert vor ihrem Häuschen in Meßbach letztmalig gesehen und ist seither wie vom Erdboden verschluckt. Hinter ihrem Garten und an der Dorfstraße entdecken die Geschwister Rentzsch ein Beauty-Case und zwei Taschentücher, von Frau Berg persönlich entworfen. Eines davon weist Tintenspuren auf, die mit denen am Leichnam des Mädchens identisch sind.

Die Grundschullehrerin Waris Okoro verschwindet auf der Heimfahrt von einem Elternabend in der Lessingstraße. Ihr Mann trifft auf ihren verlassenen Wagen im Possigweg, zwischen Thiergarten und Straßberg. Hinweise auf einen Kampf fehlen. Bisher kein Lebenszeichen.

Das sind die groben Fakten. Wo ist die Verbindung? Eine Prise Rentzsch zu viel für seinen Geschmack. Doch wie wahrscheinlich ist es, dass Thadine Rentzsch eine sechzehnjährige Schülerin zerlegt? Oder anderweitig in das Gemetzel verwickelt ist?

Wahrscheinlichkeit, was ist das schon? Er denkt an Daniela. Sie wollten heiraten. Nicht voraussichtlich oder warum eigentlich nicht, sondern bombensicher. Das war besiegelt. Drei Jahre ist das jetzt her.

Muller bleibt vor dem Fenster stehen. Er schaut zum Altmarkt hinunter, zum Rathaus und der Freitreppe, die zum Spitzenmuseum führt. Hier hängt mittlerweile eine der schönsten Roben des Wiener Opernballs. Er sieht Daniela am Sonnendeck des Salonschiffs in einem Abendkleid vor sich. Aus durchbrochenen Stickereien mit einem raffinierten Rückenausschnitt. Sie trug es bei einem Polizeifest in Dresden auf der Elbe. Er konnte sein Glück kaum fassen. Eine Frau, die tatsächlich *ihn* wollte. Ihn, András Muller, mit seinem ausgefüllten Tag und seinen unregelmäßigen Arbeitszeiten.

Sein Blick wandert hinauf zur Aussichtsplattform des Rathausturms mit den blauen Zifferblättern, die zu dieser späten Stunde in orangefarbenes Licht getaucht sind. Dort oben gestand er ihr, am liebsten die Zeit zurückdrehen zu wollen, wenn er sich für den nächsten Einsatz oder eine Vernehmung von ihr verabschieden musste. Symbolisch schenkte er ihr eine Armbanduhr aus Titan, die rückwärts lief. In seiner Leidenschaft und Hingabe dachte er sogar daran, gemeinsam ein Hängeschloss am Schwarzen Steg anzubringen und den Schlüssel in die Elster zu werfen. Aber für Dela wäre das zu kitschig gewesen. So begnügte er sich mit der Gravur des Datums auf dem Deckel der Uhr.

Es hatte mit ein paar *Wärschtle* begonnen, wie der *Vuuchtländer* sagt. Um genau zu sein, mit Rostbratwürsten und Sauerkraut an einem Imbissstand. Während sich Kümmel, Wacholder und Knoblauch auf seiner Zunge verlieben, beobachtet er das Telefongespräch einer jungen Frau zehn Meter weiter.

Wie stellst du dir das vor? Wie soll ich denn dorthin kommen auf die Schnelle?, liest er von den Lippen ab.

Da hat er eine Idee. »Was halten Sie von einem kleinen Umweg nach St. Michaelis?«, fragt er seinen Partner.

Brans spielt prompt das flehmende Pferd und *Zudlsupp* tropft von seinem Plastiklöffel in die geriebenen Kartoffeln. »St. Michaelis? Im Friesenweg?« Er hebt die Stimme, als läge die Versöhnungskirche außerhalb dieses Sonnesystems.

»Die Dame da drüben muss dringend zur Hochzeitsprobe ihres Bruders.«

Im Gemeindegarten, unter dem rosafarbenenen Meer der Blütenkirschen, war es fast unmöglich gewesen, keine romantischen Gefühle zu entwickeln. Er hatte eine Frau gefunden. Und nicht eine beliebige, sondern *die* Frau.

Tja, wie wahrscheinlich ist es, Mrs. Right zu treffen mit Heiratsplänen und allem Drumherum? Wie wahrscheinlich, sie im nächsten Atemzug zu verlieren? Zukunftspläne sind kein Indiz für das große Los.

Er stöhnt. Erneut wendet er sich seiner Arbeit zu und tigert eine weitere Runde um den Schreibtisch. Und was ist mit Kilian Rentzsch? Warum wird er das Gefühl nicht los, mit dem Werbegrafiker stimme etwas nicht? Hat er eine Affäre mit Sandra Berg? Wenn es so ist, weiß seine Schwester gewiss nichts davon.

Muller prüft nochmals die einzelnen Daten auf seiner Liste. Er stößt auf eine Randbemerkung, die er bislang nicht beachtet hat: »Montessori-Grundschule, Träger Gruntur e. V.; Kästner-Oberschule, Träger Gruntur e. V.«

Die Schule, an der Waris Okoro unterrichtet, und die Kästner-Oberschule in Thiergarten, die Julia Schneider besuchte, gehören zusammen.

Es ist spät. Tanie stellt ihren Mini im Parkhaus am Theater ab, auf einen der reservierten Plätze für das Personal des *Sigma Palasthotels*. Sie läuft entlang der Ahornbäume ein Stück über den Theaterplatz, einen Ort der Montagsdemos vor der Wende. Sie ist stets aufs Neue angetan von der hundert Jahre alten Jugendstilvilla, die heute als Viersternehotel Gäste beherbergt. Das *Sigma* bietet Quartier in dreiundzwanzig Zimmern, mit hauseigenem Restaurant, Bar und kleinem Wellnessbereich. Und nach wie vor fühlt sie das Flair der Belle Époque in sämtlichen Ziegeln verbaut. Eine Ära voller Gegensätze.

Sie ist ein durch und durch nostalgischer Mensch. Die Atmosphäre von anno dazumal nimmt sie gefangen. Das Faszinierende ist gerade nicht die heile oder ideale Welt, die sich manch einer vorgaukeln mag. Nein, es sind die Geschichten aus Lachen und Tränen, die in den Formen überlebt haben, in den Farben, im Duft, in jedem Stückchen Holz, in staubigem Leinen oder auf vergilbten Buchseiten. Getrocknetes Gestern. Gepresst. Archiviert. Bewahrt. Nicht wirklich vorbei. Vergangenes, das sich in seinem Anderssein vom Alltag abhebt und ihm doch gleicht. Eine Zeit, die Tanies Abenteuerlust schürt. Zu enträtseln, zu entdecken, zu lernen. Die Wurzeln zu finden, auf der Suche nach dem eigenen Ich.

Ihr Dienst fängt um Mitternacht an. Sie bereitet Rechnungen vor und checkt die Weckrufe für den kommenden Morgen. Da klingelt das Telefon.

»Ich will Sie nicht bei Ihren Pflichten stören, aber ich dachte, Sie wollen bestimmt erfahren, was sich im Labor zu dem zweiten Taschentuch ergeben hat«, eröffnet Muller und ist auf sich selbst wütend. *Kreiz Teifl*, wieso ruft er diese Rentzsch an?

»Ja, danke, das interessiert mich.«

»Regenwasser und Felderde.«

»Sonst nichts? Ist es denn tatsächlich eins von Sandras Tüchern?«

»Das Exemplar vom Grünweg zwischen Feld und Wäldchen ist in Muster und Struktur identisch mit dem auf der Straße vom Abend zuvor.«

»Danke, Herr Muller! Sind Sie immer noch im Präsidium?«

»Wundert Sie das?« Sicher glaubt sie, er zähle zu den Beamten, die vom Volk bezahlt werden und ansonsten nur Platz wegnehmen. Er hat festgestellt, die meisten haben keine blasse Ahnung vom Job eines Kriminalkommissars. Erst recht nicht von all dem Schriftkram – Berichte, Protokolle, Verwaltung. Monaco Franze war überzeugt, einen faderen Beruf für einen erlebnishungrigen Menschen könne es gar nicht geben.

»Nein, das wundert mich eigentlich nicht«, verblüfft sie ihn.

Er hält das für Zuspruch und erwischt sich bei einem guten Gefühl, weil Thadine Rentzsch mit ihm zufrieden ist. *Sabberlod!* Es ist doch absolut egal, ob sie ihm Beifall spendet oder nicht!

Beinahe ein Uhr. Das wird es sein, ihm fehlt Schlaf. Müdigkeit hat schon manchen Geist verwirrt. Schnell beendet er das Gespräch.

Seit dem Bruch mit Daniela ist er selten in der ehemals gemeinsamen Wohnung. Das Konto seiner Überstunden wächst und wächst. Bisweilen sagt er schon in aller Herrgottsfrühe: »Das war kein leichter Tag heute.« Und das Montagmorgen-Feeling zieht sich konsequent durch die Woche.

Wie empfiehlt Woody Allen: »Schön, wenn man die Frau fürs Leben gefunden hat. Noch schöner, wenn man ein paar mehr kennt.« Nur kennt er eben nicht mehr. Er erinnert sich an die ersten Zentimeter des Schlussstrichs, an die Ouvertüre des Finales. Sie radelten zum Badeteich in Neundorf. Es war sommerlich heiß. Daniela trug Shorts und die Strandbluse aus heller Seide, die ihm so gefiel. Ihre Locken flossen in das weite Dekolleté. Sie sah aus wie ein lebender Traum.

Die überfüllte Liegewiese wurmte ihn. Kinder schrien und planschten. Einige schlugen Federbälle hin und her oder fingen Frisbeescheiben. Er wollte seine Ruhe und dem Rummel an der Pöhler Talsperre entgehen. Darum waren sie extra hierher gekommen. Doch Daniela lachte.

Sie kuschelten sich aneinander, und er küsste ihren Mund und das Salzfässchen hinter dem linken Schlüsselbein. Er roch den Duft ihres Parfüms. Eine Mischung aus Äpfeln und Freesien. Dann traf ihn ein grimmiger Blick von der Decke nebenan.

»Lass uns baden«, meinte Dela. Sie streifte ihre Bluse ab und stand im Bikini da. Geschickt knotete sie ihr Haar zu einem Zopf. Hand in Hand schlenderten sie zum See, kasperten, spritzten herum und tauchten sich gegenseitig unter. Er zog sie an sich und fühlte ihre Haut an seiner. Dela legte ihre Arme um seinen Nacken und flüsterte eine Gänsehaut auf seinen Hals und in sein Ohr: »Ich habe eine Stelle in Kiel.«

Anfangs versuchte er sich einzureden, eine Fernbeziehung würde die Liebe beleben und läge im Trend. Obwohl es aus seiner Sicht nichts anzuregen gab, war der Auftakt zweifellos prickelnd – ein Wiedersehen im Sinnestaumel. Doch eine Partnerschaft besteht aus mehr als einer berauschenden Nacht. Und wenn es nur ein Lächeln in Stress und Eile ist oder der warme Rücken, der nach Späteinsätzen im Bett auf ihn wartet. Dinge, die sich nicht innerhalb von achtundvierzig Stunden aufholen ließen. In der Spanne, die blieb, von Bahnsteig zu Bahnsteig.

Eines Tages konnte er sich überraschend schon morgens freimachen, warf eine Reisetasche in seinen Mercedesveteran und brauste los. Vor dem Schkeuditzer Kreuz spielte sein Handy die Anfangstakte von Stephen Bishops »It might be you«.

Bis er es hervorkramte, hatte sich die Mailbox eingeschaltet: »András, bitte sei nicht böse, aber es ist doch gescheiter, du kommst heute nicht. Musste fürs Wochenende einen Haufen Arbeit mit nach Hause nehmen, mein Schreibtisch platzt. Rufe nachher noch mal an. Küsschen!«

Er fuhr weiter. Die sechshundert Kilometer über Magdeburg, Braunschweig, Hannover, Richtung Hamburg und Kiel. Auf der Höhe von Soltau klingelte sein Handy erneut. Jetzt probierte er nicht, es zu erreichen.

»András, was treibst du? Bist du noch im Dienst? Melde dich! Ich hab viel zu tun, wate knietief in Berichten. Küsschen!«

Wie in Trance lenkte er den Strich-Acht bis zum Eichkoppelweg in Kronshagen, parkte ein paar Meter von ihrer Wohnung entfernt und harrte aus, wie er es bei Observationen oft tat. Die Zeit tröpfelte. Schließlich stoppte ein Wagen vor der Eingangstür.

Er schiebt die Erinnerung weg und löscht die Lampen. Mit seiner Cordjacke im Fingerhaken über der Schulter tritt er unter den Plauener Sternenhimmel.

Kilian sitzt an seinem Zeichenbrett. Doch die Einfälle sind bereits zu Bett gegangen und schnarchen vor sich hin. Die Essenz aus seinem Bemühen ist nichts, nichts und wieder nichts. Er ist unruhig. Die Bilder von damals verfolgen ihn. Sie sind in diesen Tagen besonders hartnäckig. Wird er die Geschehnisse je bewältigen, das Erlebte in den Griff kriegen? Immerhin sind Jahre vergangen seit seiner Studienzeit auf Rhode Island. Zuweilen kann er die Schreie hören. Dann gibt es nur die Rufe, das Weinen, wie in jener Februarnacht, als würde kein Raum für andere Laute existieren und die Welt in Demut schweigen. Er spürt die lodernde Hitze, wie sie sich unter seine Haut frisst und sie zu schmelzen droht.

Ein Spaziergang muss ihn aus der Gedankenspirale holen. Vielleicht wird die laue Luft der vorgerückten Stunde seinen Kopf von diesem Druck befreien.

Die Laterne vor dem Haus hat ein Servicemitarbeiter der Stadt repariert. Es habe jemand daran herumgebastelt und die Sicherung hinter der Klappe abmontiert, heißt es. In seiner Kindheit hat Kilian mit einem gezielten Kick an den Mast den Sturmschutz wachgerüttelt und den Leuchten eine Auszeit verschafft.

»'n Abend, Herr Rentzsch.« Klaus Fischer taucht im Kegel der Straßenlampe auf.

»Hallo, guten Abend.«

»Sie haben nicht zufällig Niklas gesehen?«

»Nein, tut mir leid.«

»Wo steckt der Bursche bloß? Ich hab ihm dutzendfach eingetrichtert, rechtzeitig heimzukommen.«

»Teenager! So ist das eben.«

Klaus Fischer verschwindet in der Finsternis.

Da fällt Kilian ein mattes Licht auf. In einem Raum im Souterrain. Seltsam. Hat er vergessen, es auszuschalten? Er betritt die schmale Kellerstiege, die den Garten mit dem Untergeschoss verbindet.

Der Zeiger rückt auf acht. Ihr Signal für den Heimweg. Es war eine ruhige Schicht, trotzdem ist Tanie müde. Sie schreibt eine Notiz für ihre Ablösung, die jede Minute eintreffen muss. Melanie ist spät dran. Für gewöhnlich ist sie pünktlich.

Während Tanie ihre Sachen verstaut, sieht sie zum Theaterplatz hinaus. Eine Handvoll Männer und Frauen steht am Schauspielhaus beisammen, an der Großen Bühne.

Merkwürdig, denkt sie, morgens hat es eigentlich jedermann eilig. Doch im Gegenteil, es gesellen sich immer mehr Leute zu der Gruppe. Was mag es da Besonderes geben? Eine frühe Darbietung? Werbung für ein Bühnenstück? Einen zeitigen Redner? Sie entscheidet, loszugehen und nachzuschauen. Vielleicht ist Melanie ebenfalls dort und wird aufgehalten.

Auf dem mit Kleinstein gepflasterten Weg nähert sich Tanie dem Andrang. Gemurmel hastet ihr entgegen. Menschen belagern das Portal des Vogtlandtheaters. Etwas oder jemand scheint dort auf den Stufen zu sitzen. Beine sind zu sehen, dann drängeln sich wieder Neugierige dazwischen. In der Menge erkennt sie Melanie, die bleich und mit zusammengezogenen Brauen zu ihr herüberstarrt. Tanie spürt einen Druck in der Magengrube, den sie sich nicht erklären kann.

Ein langer Bursche macht Platz, um sie vorbeizulassen. Endlich ist die Sicht auf die Steintreppe frei. Im nächsten Moment schieben sich flimmernde Punkte vor Tanies Augen. Schweiß bricht aus den Poren. Rauschen im Kopf. Der Boden schwankt. Dumpf dringt eine Sirene an ihr Ohr.

Tanie kauert auf der Ladefläche eines Rettungswagens mit offener Hecktür. Sie ist in eine Decke gehüllt. Getrocknete Tränen haften auf ihren Wangen.

»Wir haben Ihren Bruder benachrichtigt. Er ist schon unterwegs und holt Sie ab.« Mit dieser Nachricht drückt ihr ein Sanitäter noch mehr Zellstoff in die Hand.

Sie schaut Richtung Wendedenkmal, dann weiter zum Nonnenturm, einem Teil der früheren Stadtmauer. Hier soll eine Ordensfrau den Tod gefunden haben – lebendig eingemauert zur Strafe für eine verbotene Liebe. Überall Polizei, Absperrbänder, Fotografen, Schaulustige. Sie hätte nicht geglaubt, es könnte einen schlimmeren Anblick geben als den der toten Julia Schneider auf der Waldbühne. Ihr Magen dreht sich erneut und abermals rinnen die Tränen.

Da erkennt sie Kommissar Muller. Sie sieht ihn auf sich zusteuern und ist erleichtert. Weinend eilt sie ihm entgegen und er nimmt sie in die Arme. So stehen sie eine Weile. Dicht an dicht. Ohne ein Wort. Sie ist dankbar, er stellt ihr keine Fragen. Sein regelmäßiger Atem und der Schlag seines Herzens beruhigen sie.

»Geht's wieder?«, flüstert er nach einigen Minuten.

Sie nickt. Das Zittern ist zu Ende. Tanie hebt den Kopf und mustert ihn. »Wer macht so was? Welche Bestie?«

»Ich muss zugeben, ich habe so etwas auch noch nicht gesehen.«

Bevor sich ihre Augen aufs Neue mit Tränen füllen, versteckt sie ihr Gesicht an seiner Schulter.

»Kam Ihnen schon der Gedanke, jemand könnte es auf Sie abgesehen haben?«

»Auf mich? Warum denn?«

»Sie haben mit allen möglichen Menschen Kontakt«, spricht er ihre Hotelarbeit an. »Nicht alle sind unbescholten oder über jeden Zweifel erhaben.«

»Wenn das stimmen sollte, ist es mir definitiv nicht aufgefallen.«

»Ich meine das bloß, weil …«

»Weil alles bei mir, oder bei uns, zu enden oder zusammenzulaufen scheint. Ja, ja, das habe ich auch schon gedacht.«

»Tanie!« Mit diesem Ruf stürmt Kilian heran und sie wechselt die Schulter. Gerade wollte der Kommissar die Rede auf ihren Bruder bringen. Doch die Chance ist dahin. Kilian macht durchaus einen verstörten Eindruck. Vom Parkhaus kommend, musste er schließlich am Theater vorbei, um hierher zu gelangen. Wenn er aber eine Affäre mit Sandra Berg hatte, wirkt er doch recht gefasst. Ein bisschen zu gefasst, für Mullers Begriffe.

»Ich muss Ihnen was sagen«, beginnt Kilian.

Ein Geständnis käme dem Kommissar gelegen. Doch etwas in den Zügen des Grafikers verrät, diesen Gefallen würde er ihm nicht tun.

»Ich kann mir jetzt denken, was hier läuft. Was er genau tut«, presst er hervor.

»Was wer tut?«

»Der Mörder«, erläutert er. »Oder sollte ich besser sagen: der Schlächter?«

»Was wissen Sie?«, hakt Muller nach.

»Ich weiß gar nichts«, erwidert Kilian, »aber es ist ganz offensichtlich der Taubentrick.«

»Der Taubentrick?« Muller ist verwirrt.

»Er bringt die Frauen nach Zaubertricks um, nach sogenannten Illusionen oder Großillusionen, wie man das auch nennt. Nur, dass das Ergebnis keine Sinnestäuschung ist und ein wenig alternativ gestaltet, verglichen mit einer gewöhnlichen magischen Show. Verstehen Sie?«

»Nein, ganz und gar nicht.«

»Zuerst Julia Schneider, da war es die zersägte Jungfrau, und jetzt der Taubentrick.«

Zersägte Jungfrau, aber natürlich! Wieso ist ihm das selbst noch nicht in den Sinn gekommen? Da könnte was dran sein. »Und was meinen Sie mit Taubentrick?«

»Ein Großhandel für Zauberartikel beauftragte mich einmal mit einer Werbekampagne. Für ein griffiges Konzept habe ich mich auch mit geschichtlichen Aspekten beschäftigt.« Kilian streicht Tanie eine Haarsträhne aus der Stirn und holt tief Luft. »Enthauptungen auf der Bühne und ähnliche Aktionen waren schon vor hundert Jahren ein Publikumsmagnet. Ich erinnere mich an einen gewissen Imro Fox. Er lebte um 1900. Eine seiner Spezialitäten war der Taubentrick.« Kilian zaudert.

Muller und Tanie warten geduldig, bis er bereit ist, weiterzusprechen.

»Es gab eine schwarze und eine weiße Taube. Fox riss ihnen die Köpfe ab und legte jedes Tier in einen extra Behälter, um es zu reanimieren. Ein Gehilfe verwechselte allerdings die Köpfe, so dass die weiße Taube einen schwarzen Kopf und die schwarze Taube einen weißen …« Hier bricht seine Stimme und er wendet sich ab.

Es ist ohnehin klar, was er sagen will. Sandra Berg aus Meßbach und Waris Okoro aus Straßberg sitzen auf den Stufen zur Großen Bühne. Sandra Berg spielt heute die Rolle der weißen Taube und Waris Okoro die der schwarzen.

3

»Also wenn Sie mich fragen, Chef, steckt dieser Bijan Okoro dahinter«, formuliert Brans seinen Standpunkt und greift seine anfängliche These auf. »Er kennt Julia Schneider aus dem Schulbetrieb seiner Frau und verschaukelt uns mit ihrem Mord, der rein gar nichts mit der Sache zu tun hat. Klassisches Ablenkungsmanöver. Ihm kommt die Idee mit den Zaubertricks, bei denen kein Aas einen Zusammenhang mit einem Apotheker wittert. Außerdem kann er sich leicht Narkotika und Schlafmittel besorgen.«

»Der Täter hat aber keine Narkotika verwendet, Brans. Was sagen Sie nun?«

»Sie glauben doch nicht alles, was die Pathologie so erzählt? Klar haben die nichts gefunden. Etliche Substanzen sind doch gar nicht nachweisbar«, wendet Brans ein. »Okoro ist wahrscheinlich sogar vertraut mit afrikanischen Kräutern und Hypnoseritualen und weiß der Geier womit noch. Denken Sie denn, man kann eine Frau in zwei Teile sägen, ohne Narkose oder so was? Das wäre ja barbarisch.«

»Nun, die ganze Geschichte ist barbarisch. Doch was mich bei Ihrer Version am meisten beschäftigt, welches Motiv hätte Okoro? Die Ehe der beiden galt als ausgesprochen glücklich, geradezu mustergültig.«

»Eine glückliche Ehe, Chef, und in besonderem Maß?« Er schaut mitleidig. »Wo gibt's denn so was? Da bin ich sofort stutzig geworden.«

Brans war nach dem Faschingsball »Raus aus der Gruft« unter das Regiment von Karola Ziebart geraten und hat sich auf unbestimmte Zeit verpflichtet. Seiner Meinung nach sind harmonische Zweierbeziehungen so selten wie eine Neun Kreuzer blaugrün, woraus der begeisterte Briefmarkensammler keinen Hehl macht. Auf seinem Schreibtisch steht daher keine Fotografie von Karola Ziebart-Brans, sondern eine postfrische Sarkozy-Marke aus Holland für vierundvierzig Cent. Nicolas Sarkozy, der ehemalige französische Präsident, ist leidenschaftlicher Sammler und Gründer eines Briefmarkenclubs im Élysée-Palast, den Brans im letzten Jahresurlaub besucht hat.

»Sehr aufmerksam von Ihnen«, lobt Muller und der Kollege schmunzelt. »Aber ansonsten, mein Lieber, *Meisdrack*!« Er wiegt den Kopf. *»Geriehrter Meisdrack!«*

Brans' Lächeln gefriert.

»Nein, da steckt ganz was anderes dahinter.«

»Vielleicht hat ja der Meßbacher Doppelpack was damit zu tun«, schlägt Brans vor. »Ich halte es für verdächtig, dass der Tipp zu den Zaubertricks von diesem Werbeheini stammt und noch dazu so spontan.«

Das hat Muller allerdings auch überrascht. Die magischen Parallelen hat Kilian Rentzsch schnell erfasst. Der Anblick der Leichen hatte offenbar anregend gewirkt und die grauen Zellen in Schwung gebracht. In der Regel ist das Gegenteil der Fall. Zwei tote Frauen, nackt nebeneinander am Theaterportal, jede an eine Säule gelehnt, mit getauschten Köpfen. Vorher ordnungsgemäß enthauptet und alles wulstig, aber sauber zusammengenäht. Grobe Stiche. Fortlaufend. Grundkurs Nadelarbeit, Lektion eins, wie bei Julia Schneider, doch schon geübter und stabil mit einer statischen Patentlösung, die sich Muller nur widerwillig ins Gedächtnis ruft. So was wird nicht im Vorabendprogramm gezeigt. Da muss manch einer erst mal schlucken.

»Genau. Das könnte ein Anhaltspunkt sein. In die Richtung sollten wir graben«, rät er. »Und dann brauchen wir jemand, der in puncto Bühnenillusionen sattelfest ist.«

»Soll ich mich um die Rentzsch kümmern?«, erkundigt sich Brans. »Ich weiß ja nicht, ob Sie das schon registriert haben, aber der sind Sie nicht gerade ans Herz gewachsen.«

Brans' Worte stimmen ihn traurig. Komisch, dieser Durchhänger klingt überhaupt nicht nach ihm. Normalerweise schert er sich einen Dreck darum, wer Sympathien für ihn hegt oder ihm die Pest an den Hals wünscht. Es lässt sich nicht jedem Genüge tun. Er ist, frei nach Friedrich Hebbel, lieber ein eckiges Etwas als ein rundes Nichts. Doch aus einem unerklärlichen Grund wäre er für Thadine Rentzsch, die hysterische Plage, gern der, der's richtig macht. Es beunruhigt ihn, dass diese Frau seine Souveränität in Gefahr bringt.

»Das deichsle ich schon, Brans. Checken Sie, ob neue Hinweise eingegangen sind. Unterhalten Sie sich noch mal mit diesem Seyfert von der Agentur Kuhn & Ziegler in Oberlosa, der Sandra Berg nach Hause gebracht hat.« Er prüft seine Notizen. »Und fahren Sie zur Montessori-Grundschule. Denen ist womöglich noch was eingefallen.«

»Wird erledigt, Chef. Danach buddele ich Ihnen so einen Illusionisten aus.«

»Perfekt. Und ich muss jetzt rauskriegen, was um alles in der Welt mit Kilian Rentzsch nicht stimmt.«

Auf der Veranda in Meßbach gießt Tanie Karamelltee in Tassen aus Bone-China. Die amberfarbene Flüssigkeit dampft in durchsichtigem Knochenporzellan.

Der Morgen am Theaterplatz scheint ihr nachzuhängen. Sie sieht müde und angegriffen aus.

Muller ertappt sich beim Grübeln, was Thadine Rentzsch an ihm stören könnte. Möglicherweise seine Klamotten? Zugegeben, sein geliebtes Cordjackett hat schon bessere Zeiten erlebt und die Jeans sind durch zahllose Besuche in der Waschmaschine erblasst. Oder sein Aussehen? Er mag die Messed-up-Frisur, die exakt seinem Innersten entspricht. Dazu ein gepflegter Bart, damit sein Chef zufrieden ist und die Seriosität der Abteilung gewahrt bleibt. Keiner dieser Kratzbärte, die »Miami Vice« versprechen, aber nicht halten können. Doch auch keiner à la Rubeus Hagrid. Er nennt ihn Sperlingsbart, da er so lange zum Wachsen braucht, wie ein Sperling brütet – elf bis zwölf Tage. Ansonsten trägt er den Mund quer und die Nase senkrecht, na ja, mehr oder weniger. Im Formular einer Partnervermittlung würde er wohl durchschnittlich ankreuzen, aber wer ihn einmal zu Gesicht bekommen hat, erkennt ihn durchaus wieder. Oder stößt sie vielleicht seine schroffe und direkte Art ab? Wer würde ihr das verübeln? Auch er rechnet sich zu den schwer Verdaulichen und rätselt, warum ihm Brans oder sonst wer nicht schon eins auf den Deckel gegeben hat.

Verflixt noch eins, ärgert er sich über seine Gedanken. Die nächste Frage stellt er daher ruppiger und ungeduldiger als beabsichtigt. »Ist Ihnen denn nichts aufgefallen? Sie müssen doch was gesehen oder gehört haben, bei Ihrer Schicht. Ein Mörder deponiert vor Ihren Augen, fast schon an der Rezeption, in aller Ruhe zwei Leichen, ohne dass Sie das mitkriegen. Kaum zu glauben! Haben Sie nicht auch so etwas wie eine Aufsichtsfunktion?«

»Was passt Ihnen eigentlich nicht an mir, Herr Muller?«

Ihre Reaktion bringt ihn völlig aus dem Konzept. Elende *Ziech*! Er verliert den Faden und sieht betreten in die Hortensienbüsche. *Himmldunnerwatter*, schimpft er innerlich, hätte er doch nur Brans hergeschickt! So geht das nicht weiter. »Sie irren sich, ich hege weder Sympathie noch Abneigung für die Zeugen eines Falles.«

»So abgebrüht sind Sie?«

Was für ein Biest! »Das hat mit abgebrüht nichts zu tun, das sind Arbeitsprinzipien, Frau Rentzsch.«

»Sie wollten Tanie sagen.«

Weit gefehlt! Das war ihr Vorschlag gewesen. Er kann auch schlecht den Namen Tanie verwenden, wenn sie ihn mit Muller oder gar Kriminalhauptkommissar anspricht. Diese Frau macht ihn wahnsinnig.

»Fangen wir noch mal von vorne an«, seufzt Muller. »Sie haben also nichts gesehen und gehört. Gab es Gäste, die in dieser Nacht angereist sind?«

»Nein.«

»Späte Besucher der Bar?«

»Nein. Es war ruhig. So wie an einem Wochentag üblich.«

»Was stimmt nicht mit Ihrem Bruder?«, wechselt er abrupt das Thema und freut sich, dass Thadine Rentzsch durcheinander ist, wenigstens für eine Sekunde.

»Kein Ahnung, was Sie damit meinen. Fragen Sie ihn doch selbst.«

»Sie wollen sich also nicht dazu äußern?«

»Ich finde, dass alles mit ihm stimmt.«

»Na, dann drücken wir es anders aus, er hat bisweilen einen Hang zum Ungewöhnlichen, um es vorsichtig zu formulieren. Behagt Ihnen das mehr?«

Tanie schaut ins Leere. »Er hatte einen Unfall. Na ja, Unfall ist vielleicht nicht das richtige Wort, aber wir nennen es so.«

»Was für ein Unfall war denn das?«

»Es war während seiner Studienzeit an der Brown University in Providence.«

»Brown, Eliteuni«, wirft er ein, »ganz beachtlich.«

»Er hat dort mit einem Stipendium Bildende Kunst studiert. Es war an einem Donnerstag. Great White, eine Rockband, hatte im Nachtclub *The Station* in der Gegend einen Auftritt.« Tanie spricht leise, Muller muss sich vorbeugen.

»Sie haben so einen Funkenregen auf der Bühne angezündet. Als es gleich darauf ein Feuer gab, dachten Kilian und seine Freundin, es sei Teil der Show. Innerhalb weniger Minuten stand aber der ganze Club in Flammen und überall war dichter Rauch.« Tanie macht eine Pause. »Möchten Sie noch eine Tasse Tee?«

»Nein, danke.«

»Kilian und Madison wurden getrennt. Der Haupteingang war von Menschen blockiert, die nicht vor und nicht zurück konnten. Ihm gelang es, sich durch einen Seiteneingang zu retten«, setzt sie ihren Bericht fort. »Neben dem Schock hatte er eine Rauchgasvergiftung, Verbrennungen, die er im Schnee kühlte, vor allem im Gesicht und an den Händen, und ein Teil seiner Haare war verschmort.«

Muller erinnert sich an die Schlagzeilen. Fast hundert Tote und noch mehr Verletzte. Eines der schwersten Brandunglücke bei einer öffentlichen Veranstaltung in Amerika. So ein Erlebnis kann das Wesen einer Person verändern. Sehr verändern.

»Und seine Freundin?«, fragt er, obwohl er die Antwort schon ahnt.

»Madison hat es nicht geschafft. Er hat nie viel erzählt über diesen Abend. Gelegentlich hat er die Schreie erwähnt, lebende Fackeln, sein Rufen und Suchen nach Madison, den beißenden Qualm, der die Augen in Tränen auflöste, die Kehle verätzte und den Atem nahm.«

»Hat er nach der Katastrophe psychologische Betreuung in Anspruch genommen?«

Anstatt sich diesem Punkt zu widmen, sieht Tanie auf die Uhr. »Ich müsste meinen Wagen aus der Werkstatt holen. Wenn Sie mich fahren, können wir noch weiterreden und ich spare mir den Weg mit dem Rad.«

Im Strich-Acht geht es Richtung Thiergarten.

»Da vorne rechts. Nach den Drei Bergen. Kfz-Werkstatt Kamp«, weist sie ihn ein und Muller biegt ab.

»Hat sich Kilian psychologisch beraten lassen?«, stellt er seine Frage aufs Neue.

»Er traf sich ein paarmal mit einem Therapeuten. Aber das war's. Und eigentlich ist er ja auch wie früher, allenfalls etwas zynischer und sarkastischer, wenn es das ist, was Sie mit ungewöhnlich andeuten.« Sie schließt das Gebläse auf ihrer Seite. »Massenansammlungen und die Hektik der Großstadt nerven ihn. Daher hat er sich entschlossen, hier ins Grüne zu ziehen. Doch da dürfte er kaum ein Einzelfall sein.«

»Ist er liiert?«

»Seit Madison gab es keine Frau in seinem Leben, Herr Muller.«

»Wissen Sie das genau? Das ist eine lange Zeit. Über zehn Jahre.« Er fährt auf den Hof der Werkstatt und denkt an Daniela.

Ohne darauf einzugehen, steigt Tanie aus. »Ich bin gleich wieder da!«

In der Halle ist Michael Kamp damit beschäftigt, einem Mittelklassewagen auf der Hebebühne zu besserem Rundblick zu verhelfen, und Mullers Gedanken wandern zu seiner Observation in Kiel. Ein Mittelklassewagen, mittelgrau, hielt im Eichkoppelweg. Ein Mann kletterte heraus, mittleren Alters, mittelblond, mittelschlank. Im selben Moment ging die Haustür auf. Dela stöckelte auf den Bürgersteig. Sie trug keine platzende Aktenmappe bei sich. Nur ein silbernes Kettentäschchen in Art déco, in dem ein Lippenstift und ein Parfümzerstäuber Platz haben und das ausgezeichnet zu dem kleinen Schwarzen passte. Sie lächelte dem Mittelgroßen zu, so wie er es selbst aus ihren ersten Tagen kannte. Er folgte ihnen zu einem chinesischen Restaurant, zur Oper und einer Cocktail-Bar. Zuletzt begleitete der Mittel-Mann Daniela in ihre Wohnung und Muller griff zum Handy.

»Dela?«

»Ach, András, dass du gerade jetzt anrufst! Ist extrem ungeschickt, ich stecke bis über beide Ohren in Zahlen. Ich ruf dich gleich morgen früh an. Okay? Ich muss wirklich Schluss machen. Küsschen!«

Das Licht im Dachgeschoss erlosch und Muller verließ

sein Auto. Ruck, zuck schüttete er einen Liter Milch aus der Tanke an der Ecke über die Motorhaube der mittelgrauen Limousine und fütterte die Lüftungsschlitze. Der buttersaure Gruß schien die rechte Quittung für die faule, zum Himmel stinkende Heuchelei. Dann fuhr er in die vogtländische Hauptstadt zurück.

Michael Kamp stoppt die hydraulische Anlage und wischt die öligen Finger ab. Er reicht Tanie den Schlüssel. »Der Kleine ist fertig«, hört Muller ihn sagen. »Frontscheibe ausgebaut und frisch verklebt. Jetzt ist sie dicht.«

»Vielen Dank, Herr Kamp. Ganz alleine heute?«

»Mein Schwager ist im Geburtshaus.«

»Ah, ist es nun so weit?«

»Könnte jede Sekunde kommen.«

»Richten Sie Grüße und die besten Wünsche aus. Und die Rechnung bitte wie immer.«

»Ist gebongt. Gute Fahrt!«

Sie setzt sich zu Muller auf die Beifahrerseite. »Sind Sie wieder auf Tinte gestoßen?«

»Hm, ja«, druckst er. Eigentlich sollte er nicht darüber reden. Aber er muss ja nicht erklären, worum es sich genau handelt.

»Also nicht bloß ein kleines Fleckchen hier und da oder ein getränkter Fussel, sondern vielmehr pure Absicht?«, kombiniert Tanie.

Sie ist nicht dumm, das muss man ihr lassen.

»War's das, Herr Muller?«

»Für heute ist das alles.«

»Sie sind mir übrigens noch eine Antwort schuldig.«

»Worauf denn?«, forscht er. Will sie wieder darauf hinaus, er habe sie Tanie nennen wollen?

Doch sie reagiert nicht, sieht ihn nur an.

Gerade ringt er sich durch, seinen Vornamen anzubieten,

da öffnet sie die Wagentür. »Auf Wiedersehen, Herr Muller, und vielen Dank fürs Bringen!«

Ist das nicht Julias Mutter mit der dunklen Brille? Kilian ist nicht sicher. Gesehen hat er sie in Meßbach selten und wenn, dann nur von weitem. Ihr Bild war häufig in der Zeitung, vorwiegend mit Kopftuch und Sonnenbrille. Herr Schneider hat mit ihm und Tanie über den Morgen im Waldtheater gesprochen, ohne seine Frau. Sie fühlte sich nicht in der Lage, Details aus dem Schatten ins Licht zu ziehen.

Kilian kehrt zu den Schraubendrehern an der Lochwand zurück. Er sucht etwas Langes mit dünner Klingenspitze.

»Herr Rentzsch?«

»Frau Schneider, nehme ich an.«

»Richtig.«

Rasch hängt er das Werkzeug an einen Schlaufenhaken und wendet sich ihr zu. Es entsteht eine bedrückende Pause. Er zögert. Ihm fehlen die passenden Worte.

»Zweiundvierzig, bitte einundsechzig!« Eine Durchsage unterbricht die Hintergrundmusik im Baumarkt.

»Ich wollte mich bedanken«, beginnt Frau Schneider.

»Wofür?« Kilian schwankt zwischen Staunen und Freude.

»Sie waren sehr sensibel mit meinem Mann, haben sich viel Zeit genommen.«

»Das ist doch selbstverständlich. Und wenn Sie noch Redebedarf haben, sind wir für Sie da.«

»Haben Sie Julia gekannt?«

»Nein, ich habe Ihre Tochter nicht gekannt. Sie ist mir mal über den Weg gelaufen, wie das in diesem kleinen Ortsteil nicht ausbleibt.«

»Ich dachte nur, weil sie ab und zu von einem Freund sprach. Aus ihren Bemerkungen schloss ich, dass er schon etwas älter sein und aus Meßbach stammen muss.«

»Auf mich hat Ihre Tochter gewiss nicht angespielt, Frau Schneider.« Kilian lacht nervös. »Ich bin auch nicht der Einzige hier, der nicht mehr die Schulbank drückt.«

»Da haben Sie recht«, bestätigt sie, aber es klingt nicht ehrlich. »Ich fand den Buchstaben ›K‹ mit einigen Herzen in eines ihrer Schulhefte gemalt.«

Kilian behagt der Kurs nicht, den dieser Dialog nimmt. Was will sie von ihm? »Ich möchte nicht unhöflich sein, Frau Schneider, aber wenn Sie einen Verdacht hegen, ist es am besten, damit zur Polizei zu gehen. Meinen Sie nicht auch?«

»Ich habe Sie am Fenster gesehen, wenn Julia sich sonnte.«

»Wie Sie wissen, wohne ich in Ihrer Nähe. Ich habe mein Atelier unterm Dach und erlaube mir, auch dann und wann ans Fenster zu treten«, distanziert er sich von der latenten Anklage. »Die Entscheidung darüber fällt ganz spontan und ist völlig unabhängig von Aktivitäten Meßbacher Einwohner.« Er muss sich vehement zügeln, um keine Dummheit zu begehen. Diese Frechheit hätte gut ein paar Drohungen oder Handgreiflichkeiten verdient.

»Haben Sie sich mit meiner Tochter getroffen? Heimlich?« Ihre Stimme wird lauter. Andere Kunden drehen sich in ihre Richtung.

»Ich habe mich nicht mit ihr getroffen. Nie und nirgends!«

»Haben Sie eine Vorliebe für Minderjährige? Für unschuldige Kinder? Für kleine Mädchen?« Die Begriffe überschlagen sich, sprudeln aus ihr heraus, schrill und tadelnd.

Fernab jeglicher Fakten dürfte sich der Baumarkt derweil für Kilians Pädophilie verbürgen. Es scheint wenig Zweck zu haben, darauf hinzuweisen, dass Julia mit ihren sechzehn Jahren kein Wickelkind mehr war.

»Beruhigen Sie sich!« Er packt Julias Mutter an den Schultern, sieht sie eindringlich an und betont jede Silbe. »Ich habe Ihre Tochter nicht gekannt, verstehen Sie das?«

»Lassen Sie mich! Lassen Sie mich los! Hilfe! Warum hilft mir denn keiner?«, kreischt sie, befreit sich aus seinem Griff und fängt an, ihn zu schubsen. Ihre Handflächen schlagen gegen seinen Brustkorb. Einmal. Zweimal. Dreimal.

Kilian weicht zurück und stößt an das Regal mit den Schraubenziehern. Soll er sich mit einem bewaffnen? Der fanatische Ausbruch dieser Frau trifft ihn völlig unvorbereitet.

»Helft mir! Der Kerl hat den Tod meiner Tochter zu verantworten!«, brüllt sie. Speicheltropfen treffen seine Wangen.

Als ein Trupp Verkäufer heraneilt, entscheidet er, den Markt zu verlassen. »Sie irren sich, Sie irren sich gewaltig, Frau Schneider«, ergänzt er, dreht sich um und geht zum Ausgang. Die Werkzeuge kann er später aussuchen.

Klaus Fischer fährt zur Blockhütte im Burgholz. Er lenkt das Fahrrad über den Lindigweg hinter der Bushaltestelle bis zu einer schmalen Schneise und biegt links ab. Die letzten Meter muss er sein Bike schieben. Gräser und Kräuter bringen die Speichen zum Klingen. Ab und an verfangen sie sich im Rahmen oder in der Kette und reißen ab. Bald erreicht er den moosigen Baumstumpf, gleich danach geht es ein Stückchen bergab. Das Häuschen, versteckt in einer Mulde, ist schwer zu finden. Wer ungestört sein will, ist hier richtig.

Mehrfach hat er den Besuch aufgeschoben, dachte, es sei sowieso sinnlos. Spuren kann man heutzutage gar nicht mehr entfernen. Blut lässt sich noch Jahre später feststellen, selbst wenn man wie ein Besessener gewischt und geputzt hat.

Aber dazu muss es nicht kommen, hat er sich am Ende beruhigt. Spezielle Analysen sind teuer. Nur wenn der Polizei Anhaltspunkte vorliegen, die sie veranlasst, mit allen Mitteln der Kunst Beweise aufzuspüren, wird es eng.

Er lehnt das Rad an den Schornstein und sperrt die Tür auf. Erst seit er Julia kennt, kommt er wieder öfter hierher. Zuvor lag die Hütte eine halbe Ewigkeit brach, er sah nur in Frühling und Herbst nach dem Rechten, wies die Natur mit Sense und Sägeblatt in ihre Schranken.

Im Blockhaus gibt es eine Eckbank, einen Ofen und eine Couch. Aus seinem Rucksack räumt er das Putzzeug und füllt einen Eimer mit Wasser aus dem Regenfass. Dann wendet er sich dem Sofa zu. Die Decke wird er vorsichtshalber verbrennen. Vergeblich versucht er, sie in den knappen Feuerraum zu zwängen. Er beschließt, sie in der Mülltonne zu entsorgen und packt sie ein.

Plötzlich zuckt Fischer zusammen. Ein Knacken. Draußen vor dem Haus. War das eine Bewegung am Fenster? Vielleicht ein Reh. Obwohl ringsum keine Futterkrippe steht. Irgendein Tier eben, sagt er sich, und befasst sich weiter mit dem Polster. Er entsinnt sich der harmlosen Spielchen, die hier gelaufen sind. Unbedenklich, der reinste Kinderkram, aber trotzdem nicht ohne Spuren zu hinterlassen. Anfangs glaubte er, sie mache nur Spaß, als sie ihn abwies. Auf eine gewisse Art fand er das erregend. Bald aber spürte er Zorn in sich hochsteigen, der sich energisch Bahn brach und kaum beherrschen ließ.

Aus einer Schublade sammelt er die Fotos, die er von Julia gemacht hat, und steckt sie zu der Decke in den Rucksack. Sie hat vor der Hütte für ihn kokettiert, sogar die eine oder andere Hülle fallen lassen und er hat mit der Linse draufgehalten.

Moment! Fehlte da nicht eins? Gerade das, wo er von hinten mit seinen Händen den lebenden Büstenhalter gespielt und sie sich so gewehrt hat? Das mit Selbstauslöser? Er sieht den Stapel erneut durch. Doch das Bild bleibt verschwunden.

Lautes Poltern. Als schlüge eine Tür zu. Er schleudert den Lappen auf den Boden. Was kann das gewesen sein? Das stammte nicht von einem Tier. Keinesfalls! Ist Niklas ihm gefolgt? Der Junge ist seltsam geworden, so zugeknöpft. Sein Eigensinn treibt ihn zur Weißglut. Ob er was ahnt?

Fischer setzt ein paar Schritte vors Haus und lässt den Blick kreisen. »Hallo?«, ruft er. »Ist da jemand?«

Nichts. Er wartet eine Minute. Danach kehrt er in die Hütte zurück und führt seine Arbeit fort. Mit Holzreiniger und einer Scheuerbürste schrubbt er die Platte des großen Eichentischs. Zum Schluss bringt er Ordnung in die Fächer der Werkzeugkiste. Es ist praktisch, stets das passende Gerät parat zu haben.

Als er den Rückweg antritt, dämmert es schon. Beinahe am Waldrand angelangt, kommt ihm ein Gedanke. Den Bunker hätte er überprüfen sollen, der unweit des Blockhauses im Dickicht liegt. Hatte er den eisernen Einlass richtig verriegelt?

»Jabot, Chef!«, meldet Brans. »Der Magier. Er wartet im Büro.«

Muller ist gespannt. Seine Schwester und er liebten den Hokuspokus im Zirkus zwischen Luftballons, Sägemehl und Zuckerwatte. Wenn die Clowns aus einer Feuerschale Bonbons zauberten und die Akrobaten mit lodernden Fackeln jonglierten, fehlte nicht viel und sie hätten sich als blinde Passagiere in einen der bunten Wagen geschmuggelt. Doch mit den Bildern von Julia Schneider, Sandra Berg und Waris Okoro vergeht die Freude am Fiebern auf die nächste Sensation.

»Herr Jabot, mein Name ist Muller. Ich bin Hauptkommissar.« Er reicht einem Schlaksigen Mitte dreißig die Hand.

»Nur Jabot, bitte. Ohne Herr. Das genügt völlig.« Von seinen Lippen klingt dieses *Schaboh* wie eine Melodie aus Geheimnis und Abenteuer. Seine Augen sind schwarz und eindringlich. Ein Wall aus Brauen grenzt sie zu einem glänzenden Gelschopf ab. Das Haar sitzt in Zementwellen auf dem Kopf. Koteletten ziehen sich spitz bis zur Wangenmitte.

Hat was von Bela Lugosi, denkt Muller und wäre nicht verwundert, wenn der Mann als Fledermaus zum Fenster hinausflatterte. »Ich danke Ihnen, Jabot, dass Sie es einrichten konnten, uns zu besuchen.«

»Wenn ich helfen kann, immer.«

»Was wir hier besprechen, ist strengster Diskretion unterworfen, Sie verstehen?«

»Voll und ganz.«

Einen Bezug zu Magie und Zauberkunst wird er zwar der Öffentlichkeit höchstens noch ein paar Tage vorenthalten können, aber bis dahin ist das noch vertraulich.

»Unser Interesse gilt den größeren Illusionen. Wir vermuten da eine Verbindung zu einem Fall in Bayern und arbeiten mit der Kripo in Hof zusammen.«

Brans steht auf dem Schlauch, Jabot nickt.

Muller hofft, er schlucke die Geschichte. Doch bei einem Profi wie Jabot hat es bei der Zeitungsnachricht »In der Mitte durchgesägt« sicher längst klick gemacht.

»Erzählen Sie uns was zu dem Thema. Was hat es mit diesen Darbietungen auf sich?«

»Tja, es gibt heute kaum etwas, das nicht zu realisieren ist«, leitet er seine Rede ein. Jabot sonnt sich in seiner Expertenrolle. Er genießt es, seine Kompetenzen an höherer Amtsstelle zu präsentieren und zieht eine kleine Show ab.

Muller malt sich aus, wie er in wehendem Umhang magische Gesten in die Luft pinselt und wie die Fingerringe blitzen, die auf nachtfarbenen Handschuhen stecken.

Sein Vortrag spannt sich von den Anfängen der modernen Zauberkunst im frühen siebzehnten Jahrhundert bis in die Gegenwart. Er berichtet vom Schrumpfen, Vierteilen, Verbrennen, von Fallbeilen und Säbelkisten und dem Schattendasein vieler Zauberer als verkannte Künstler. Selbst im Magischen Zirkel organisiert, sei sein Ziel die seltene Auszeichnung mit dem Kalanag-Ring und der Titel Magier des Jahres. Regelmäßig nehme er an der Deutschen Meisterschaft der Zauberkunst teil. »Kennen Sie David Blaine, diesen Aktionsartisten? Das ist ein total verrückter Kerl. Stellt einen Rekord nach dem anderen auf.« Er gerät ins Schwärmen. »Lässt sich für zwei Tage in einem Eisblock einfrieren, verbringt eine Woche unter Wasser und vierundvierzig Tage ohne Nahrung in einer durchsichtigen Kapsel über der Themse. Volles Risiko für den großen Knaller, den Paukenschlag, das ist die Devise.«

»Gibt es da auch Unfälle?«, erkundigt sich Muller.

»Das bleibt nicht aus. Vor kurzem erst klemmte das Schloss eines Unterwassertanks«, enthüllt er. »Und ein Auftritt von Chung Ling Soo endete sogar tödlich. Er starb 1918 auf der Bühne beim Kugelfang. Und er war nicht der Einzige.«

»Kugelfang?«, fragt Brans.

»Es wird scharf geschossen und der Akteur fängt die Kugel im Flug mit dem Mund.«

Brans grübelt und Muller zwingt sich wegzusehen.

»Ein Assistent von David Copperfield geriet in die Rotorblätter eines riesigen Ventilators.« In einer dramatischen Pause gibt Jabot der Fantasie die Chance, sich zu entfalten. »Rundum war Blut, wie bei einem Schlachtfest. Die schweren Verletzungen mussten in einer mehrstündigen Operation versorgt werden. Unfälle gibt es des Öfteren.«

»Wäre es möglich, uns eine Liste Ihrer Kollegen aus der Umgebung zu erstellen?« Muller hat hin und her überlegt, ob er Jabot das Symbol aus roter Tinte vorlegen sollte, eine Form der Unterschrift, die der Täter hinterlassen hat. Und es beunruhigt ihn, dass ihm das einfache Emblem auf irgendeine Weise vertraut erscheint. Er klapperte das Internet ab. Doch bisher war das ein Stochern im Nebel. Brans war dagegen, einem Außenstehenden das Material in dieser Phase der Ermittlungen zu zeigen. Muller hätte die simplen Umrisse mit Bleistift zu Papier gebracht, anstatt Fotos von den Rücken der Opfer zu verwenden. Am Ende entschied er, es vorerst zurückzuhalten.

»Das kann ich tun. Sonderlich lang wird die Liste allerdings nicht.«

»Umso besser. Sagen wir, im Umkreis von fünfzig Kilometern?«

»Einverstanden, Herr Muller.«

»Ach ja, und am besten nicht nur die aktuellen, schreiben Sie ruhig auch Namen von Illusionisten auf, die heute nicht mehr aktiv sind.«

»Wie Sie wünschen«, verspricht der Zauberer.

Jabot verlässt das Polizeirevier durch den Vordereingang und bummelt über den Klostermarkt. Durch die Stadtgalerie gelangt er auf die Syrastraße und nimmt die Straßenbahn. Er bleibt an der Falttür stehen und verfolgt den Verkehr auf der Bahnhofstraße.

»Die Fahrkarten, bitte!« Ein zivil gekleideter Mann wendet sich an eine Frau auf einem der Sitzplätze, die in ihrer Handtasche zu suchen beginnt. Sie kramt einen Streifen hervor und hält ihm den Schein hin.

»Für Ihren Hund haben Sie kein Ticket?«

Sie ist erstaunt. »Ich dachte …«

»Tiere zahlen einen Euro, wenn sie nicht in Behältnissen mitgeführt werden«, informiert der Kontrolleur und mustert den Vierbeiner, der im Stand bequem ein *Zuckermännle* vom Tisch stehlen könnte.

»Entschuldigen Sie, wenn ich mich einmische«, sagt Jabot, »aber der Hund der Dame reist mit meiner Jahreskarte.« Er zieht seinen Ausweis heraus.

»Herr Kai Wichmann?«, fragt der Mann und vergleicht Jabot mit dem Lichtbild.

»Genau«, bestätigt Jabot.

»Na, dann ist es ja in Ordnung. Gute Weiterfahrt noch!« Lächelnd geht er zum nächsten Passagier.

»Das war sehr freundlich von Ihnen«, bedankt sich die Frau.

»So lohnt sich die Investition wenigstens mal richtig«, meint er und streichelt der Fellnase über Nacken und Rücken.

»Was kostet denn so eine Karte?«

»Ich glaube, für zwölf Monate sind das dreihundert Euro«, erinnert er sich. »Gilt aber auch außerhalb: für Reichenbach, Auerbach und Klingenthal. Falls Ihr Hund also Tapetenwechsel und dafür noch ein Ticket braucht – ich stelle meins zur Verfügung.«

»Unter Umständen komme ich sogar darauf zurück, ich habe nämlich gerade kein Auto und Emmas täglicher Auslauf ist wichtig.«

»Da haben wir also schon eine Verabredung, Emma«, spricht Jabot die Hündin an. »Hier ist meine Visitenkarte.«

Die Frau schaut auf das schwarze Kärtchen mit dem silbernen Schriftzug »Jabot – Magier und Illusionist«.

»Mystische Momente garantiert«, ergänzt er.

Sie lächelt. »Danke, dass Sie heute für mich gezaubert haben.«

»Möglicherweise haben Sie ja recht mit Kilian Rentzsch, Brans«, räumt Muller ein und blättert in einem Laborbericht.

»Sag ich doch«, freut sich der Kollege.

»Da. Schauen Sie selbst.« Er schiebt ihm den Hefter zu. »Der Abschnitt ganz unten.«

Brans liest und ruft verschmitzt: »Das ist ja der Hammer! Wieder mal eine erfolgreiche Doppelnull, Chef.«

Muller grinst. Geheimagent 007 würde sich freuen. Dabei handelt es sich mitnichten um eine Lizenz zum Töten. Er hat sich angewöhnt, jede Gelegenheit zu nutzen, um bei potentiellen Verdächtigen Proben für einen Gentest zu sammeln, noch bevor eine verwertbare Spur in Form von Täter-DNA auftaucht und eine Analyse eilt. Meistens wird er im Badezimmer oder auf der Toilette fündig, dem stillen Örtchen oder

Null-Null. Daher der Name, der sich zwischen Brans und ihm eingebürgert hat und die Liste polizeilicher Abkürzungen aus Buchstaben und Zahlen ergänzt.

Er lädt auch schon mal zum Eisessen ein und lässt ein Löffelchen mitgehen. Wenn alle Stricke reißen, bietet er ein kräftiges Schlückchen an. Zu diesem Zweck trägt er einen Flachmann bei sich, der mit Kräuterschnaps gefüllt ist, echtem Moosmann-Likör. Unschuldig gibt er Geschichten über den vogtländischen Waldgeist zum Besten, plaudert vom *Moosmaa*, der gute Taten mit Zweigen oder Laub belohnt, die sich in Gold verwandeln. Und so hat sich der Einsatz bereits des Öfteren ausgezahlt.

Diese Arbeitsweise schafft Klarheit und spart Zeit, die vielleicht ein Leben rettet. Er will einen Fall klären, auf Biegen und Brechen. Ist der Spitzbube erst eingekreist, stöbert er auch legales Beweismaterial auf. Notfalls diktiert eine richterliche Anordnung einen zweiten Test. Gewiss findet die Doppelnull nicht den Beifall seines Vorgesetzten und Menschenrechtler schwingen die Zeigefinger. Doch für ihn gehört dieser Genraub in die Kategorie Fingerabdrücke-Nehmen.

»Sie sind ganz schön ausgefuchst, Chef, das muss der Neid Ihnen lassen«, rühmt Brans. »Wieder ein Volltreffer.«

»Man tut, was man kann. Freiwillig rückt Kilian Rentzsch wohl kaum damit raus.«

»Wann werden Sie ihm die Ergebnisse vorlegen?«

Muller schnappt seine Cordjacke. »Ich denke, das sollten wir nicht aufschieben.«

Es klopft. Laut. Polternd.

»Ja, ja, ja. Immer mit der Ruhe! Bin schon da!« Tanie läuft im Flur an der Garderobe vorbei und öffnet. Doch was ist das? Etwas Rotes, Dickflüssiges rinnt über das Holz der Haustür, tropft in die Diele, sickert in den Rost des Abstreifers und breitet sich auf den Stufen aus.

Sie braucht einen Moment, um zu begreifen. Farbe. Rote Farbe. Der deckellose Topf liegt im Gras. »Kilian, sieh dir das an!«, ruft sie ins Haus. »Da hat jemand einen Pott Farbe gegen den Eingang geworfen!«

Kilian erscheint auf der Schwelle. »Das muss diese Verrückte gewesen sein, die Mutter von Julia Schneider.« Er schildert ihr den Vorfall im Baumarkt.

»Wieso hast du mir das nicht erzählt?«

»Aber das tue ich doch gerade, Schwesterherz.«

Unterdessen treten die Kriminalbeamten an die Gartenpforte.

»Es ist offen, einfach drücken.«

»Wir kommen wohl genau richtig«, schätzt Muller. »Einen roten Teppich haben wir allerdings nicht erwartet.«

»Ich hole einen Lappen«, verkündet Kilian. »Obwohl, warum denn nicht mal frische Töne am Haus? Ein rotes Portal, das hat doch was. Wo die Farbe schon mal da ist.«

Die Kommissare steigen breitbeinig in den Vorraum.

»Wahrscheinlich geht es gut mit dem Schlauch weg«, interveniert Tanie. »Das Zeug ist doch hoffentlich wasserlöslich. Bitte, gehen wir doch in den Garten.« Sie führt die Gäste durchs Wohnzimmer auf die Veranda.

»Eigentlich wollen wir mit Ihrem Bruder sprechen«, bekennt Brans.

»Er wird gleich fertig sein. Darf ich Ihnen inzwischen etwas zu trinken anbieten?«

»Nein, danke«, lehnt Muller ab.

»Ja, gern«, freut sich Brans im selben Augenblick.

»Ich bringe mal eine Limonade«, schmunzelt Tanie. Im Nu ist sie mit einem Krug zurück und schenkt ein.

Ihr Bruder schiebt sich einen Stuhl zurecht und setzt sich zu ihnen.

Brans nimmt einen Schluck Limonade.

»Eine Idee, wer das gewesen sein könnte?«, erkundigt sich Muller, und Kilian wiederholt die Geschichte aus dem Baumarkt.

»Wir werden den Schneiders nachher einen Besuch abstatten und ein bisschen auf den Putz hauen. Zurückgehaltenes Beweismaterial, Beihilfe andeuten, so auf der Schiene. Damit sich das gar nicht erst einspielt.«

»Das wäre prima.« Kilian ist erleichtert.

»Wir haben die eine oder andere Frage an Sie, Herr Rentzsch. Soll Ihre Schwester dabeibleiben?«

»Ich habe keine Geheimnisse vor Tanie«, versichert er.

»Ganz wie Sie wollen.« Muller legt eine kurze Pause ein. »Sie hatten eine Affäre mit Sandra Berg«, sagt er ihm auf den Kopf zu. »Warum haben Sie uns das verschwiegen?«

Tanie schaut ihren Bruder fassungslos an.

»Ich hielt das nicht für wichtig«, begründet er. »Wie sind Sie darauf gekommen?«

»Wir leben im einundzwanzigsten Jahrhundert. Jeder Schuljunge kann sich heute ausrechnen, dass sich Sperma nicht einfach in Luft auflöst. Die tote Sandra Berg wies einige Spuren davon auf, die sich eindeutig Ihnen zuordnen ließen.«

»Ich verstehe. Ihre Stippvisite in unserem Badezimmer. Gründliche und schnelle Arbeit, das muss man Ihnen lassen. Was wollen Sie wissen?«

»Seit wann sind Sie mit Frau Berg näher befreundet gewesen?«

»Seit etwa einem Jahr.«

»Ein Jahr?!« Tanie versteht die Welt nicht mehr.

»Ein Jahr«, bestätigt Kilian.

»Wann haben Sie sie zum letzten Mal gesehen?«

»Am Abend, bevor sie verschwand. Eigentlich war unsere Verbindung schon zu Ende. Wir wollten nur noch einmal in Ruhe reden, saßen in ihrer Küche und tranken Wein.« Er kratzt an einem Farbrest auf seinem Handrücken herum. »Schließlich wurde es immer gemütlicher. Es ergab sich eben so.«

»Waren Sie es, der die Romanze beendet hat oder Sandra Berg?«

»Ich wollte einen Schlussstrich ziehen. Zu viele Gegensätze. Wir hatten verschiedene Ansichten. Sie wünschte sich Familie und ich nicht.«

»Trotzdem haben Sie dann noch die Nacht mit ihr verbracht?«

»Ich bin nur ein Mensch, Herr Kommissar. Und wie Sie bereits selbst festgestellt haben, war sie eine hübsche Person.«

Muller taxiert Tanie, die sicher war, es gebe keine Frau in Kilians Leben. Sie blickt traurig auf einen Punkt im Nichts. Er spürt den Impuls, sie zu trösten, die Wogen zu glätten, sie aufzuheitern. Schon drängt sich ihm ein mildernder Satz auf die Lippen. Er schluckt ihn hinunter und riskiert stattdessen, dass sie ihn für einen grobschlächtigen, unverschämten Schweinehund hält. »Denkbar wäre freilich auch Folgendes: Sandra Berg hat Ihnen den Laufpass gegeben und Sie konnten das nicht akzeptieren.«

»Und Sie meinen, deswegen hätte ich zuerst Julia Schneider zersägt und danach Sandra und eine Lehrerin geköpft?«

Muller muss zugeben, es klingt nicht wirklich plausibel, wenn Kilian Rentzsch es so beschreibt. Aber als Trittbrettfahrer ist er nicht von der Hand zu weisen. Und überhaupt, was ist schon plausibel?

»Haben Sie seit dem Brand im Nachtclub auf Rhode Island Gedächtnislücken, depressive oder aggressive Phasen?«

»Ach, daher weht der Wind. Schieben wir's doch dem verrückten Rentzsch in die Schuhe. Der hat doch seit damals einen Knacks weg.« Kilian schaut strafend zu Tanie. »Das erklärt doch alles und warum nicht auch noch ein paar ungelöste Fälle aus der Vergangenheit ausgraben, wenn wir schon dabei sind?«

»Und Sie«, richtet Muller das Wort an Tanie, »haben Sie Veränderungen bei Ihrem Bruder beobachtet? Das können auch nur Kleinigkeiten gewesen sein.«

Sie sieht ihn an, als wolle sie ihm den Hals umdrehen. Da funkeln genug Hass und Verachtung in ihren Augen, um sich beschämt abzuwenden. Aber was soll's, das ist sein Job. Nun ist er bei Thadine Rentzsch wohl endgültig in Ungnade gefallen.

»Mensch, Kilian, warum habt ihr mich nicht eingeweiht?«, beschwert sich Tanie. »All die Monate!«

Er kauert zusammengesunken auf der Couch und wischt sich mit den Händen übers Gesicht. »Ach, frag mich nicht. Womöglich weil es nichts Ernstes war und ich dachte, du würdest der Sache zu viel Gewicht beimessen. Und irgendwann schien es einfach zu spät zu sein.«

»Wie war das, sie da sitzen zu sehen, auf den Stufen zum Theater mit Waris Okoro? Was hast du da empfunden?«

Diesen Punkt hat Kilian innerlich schon durchgekaut. Er ist mit Tanies Ansicht vertraut, etwas Tragisches würde ihn zurückholen ins Land der Emotionen. Aber will er denn zurück? Vielleicht war genau das der Grund, mit Sandra Schluss zu machen. War doch mehr zwischen ihnen, und er wollte nicht auf das Hochseil der Gefühle, wo ein Straucheln den Abgrund bedeutet? Nicht noch mal in eine Welt, in der er verwundbar wäre und dem lauernden Schmerz schutzlos ausgeliefert? Lieber ausgiebig im Drachenblut baden und nicht riskieren, dass ein Lindenblatt seinen Tod bedeutet? Vielleicht.

»Du weinst ja«, flüstert Tanie.

Ein Rinnsal erreicht seine Lippen. Es schmeckt salzig. Erst jetzt merkt er, dass sich Tränen eine Straße gebahnt haben, von den Lidern bis zum Kinn.

»Diese jungen Leute heutzutage!« Brans winkt ab. »Anstatt in der Schule aufzupassen und fürs Leben zu lernen, pinseln die ihre Hefte mit x-beliebigen Spinnereien voll. Mein alter Herr hätte mir was erzählt, Chef, da können Sie Gift drauf nehmen.« Gern lässt sich Brans darüber aus, wie sein Vater seine unbeschwerte Jugendzeit in U-Haft genommen, gefoltert und zum Tode verurteilt hat. »Und dann tun die noch obercool, als wären sie die absoluten Alles-Checker.«

Julia Schneiders Matheheft liegt vor ihnen, nachdem sie es bei ihrer Mutter mit warnenden Worten eingeklagt haben. Die Seiten zeigen eine Menge Marginalien. Neben durchgestrichenen Rechenwegen und Korrekturen sowie pädagogischen Kommentaren, die auf wenig mathematischen Durchblick schließen lassen, sind zwischen etlichen »Is« und »Us« Herzen gekritzelt. Ausladende. Zierliche. Spitze. Runde. Schiefe. Darin taucht regelmäßig der Buchstabe »K« auf.

»Großes ›K‹ «, sinniert Muller, »wer könnte das sein?«

»Kilian Rentzsch.«

»Möglich.«

»Und wer soll ›I‹ sein, und ›U‹ ?«

»Das sind Kurzformen, Brans. ›I‹ heißt ›ich‹ auf Englisch und ›U‹ steht für ›you‹ , also ›dich‹ .«

Brans versucht, sich einen Reim darauf zu machen.

»Jedenfalls mutmaßt auch Frau Schneider, ihre Tochter hätte mit ›K‹ Kilian Rentzsch gemeint«, resümiert Muller.

»Na bitte! Sie ist immerhin die Mutter.«

»Aber Rentzsch mit einer Sechzehnjährigen? Ich weiß nicht«, grübelt er. »Sandra Berg war doch ein ganz anderes Kaliber. Auch optisch. Schlanker dunkler Typ, mit langen braunen Haaren. Und dann Julia Schneider? Blonde, struppige Locken und Babyspeck? Und die beiden auch noch zur selben Zeit?« Muller ist nicht überzeugt.

»Versuchen Sie bei Thadine Rentzsch ein Foto von dieser

Madison zu ergattern. Ich bin bei Frau Rentzsch erst mal abgemeldet.«

»Madison?«

»Die Freundin von Kilian Rentzsch während seiner Studienzeit an der Brown. Und prüfen Sie seine Alibis für die Zeiten, als die Frauen verschwunden sind.«

»Okay, Chef.«

»Bei der Gelegenheit wäre es das Beste, Sie würden sich ein bisschen in Kilian Rentzschs Atelier umsehen. Kriegen Sie das ohne Durchsuchungsbeschluss hin? Ich will da vorerst keinen Staub aufwirbeln.«

»Werde mir Mühe geben«, garantiert Brans.

»Was ist denn das?« Muller inspiziert die letzten Blätter des Heftes. »Sehen Sie sich das an! Eine extra dicke Seite. Die ist doppelt. Und dazwischen ...«

»Donnerwetter, Chef. Ein Geheimfach!«

Peter Schulz belädt das Multicar. Heute kümmert er sich um die Pflanzflächen. Er teilt sich die Arbeit mit zwei Kollegen. Im Frühjahr ist in Plauens Parkanlagen besonders viel zu tun. Als Witwer hat er sich angewöhnt, seine Runde bei Tagesanbruch zu beginnen.

Nach einem Kontrollgang im Stadtpark fährt er zum Gerberplatz zwischen Mühlgraben und Hammerstraße. Den Kleintransporter stellt er auf dem Neustadtplatz ab. Er trinkt einen Schluck aus seiner Thermoskanne und nimmt einen Eimer mit Unkrautspaten, Harke und verschiedenen Gartenscheren. Dann läuft er an der Mauer zu den alten Kellern im Schlosshang vorbei und weiter zum Drachentöter.

Während er seine Handschuhe anzieht und sich umschaut, bleibt sein Blick am Heiligen Georg haften, der hoch zu Ross mit einer Lanze den Drachen ersticht. Irgendwas liegt da auf seinem Haupt. Peter Schulz blinzelt in die morgendlichen Sonnenstrahlen, die über die Dächer wandern. Haben die jungen Burschen ihm wieder einen Hut aufgesetzt? Er beschließt, seine Schiebeleiter aus dem Multicar zu holen.

Muller späht in das schmale Geheimfach und erkennt einen Zettel. Er fischt ihn heraus und faltet ihn auseinander. »Ziffern.«

»Eine Telefonnummer, Chef!«

»Sieht so aus«, bestätigt er. »Mobilfunk. Handschriftlich. Schon bissel vergilbt.«

»Den hat sie sicher vergessen. Mehr ist nicht drin?«

Muller schüttelt den Kopf.

»Rufen wir an?«

»Darauf können Sie Gift nehmen. Aber wir wollen nicht gleich so viel Wind machen.« Im Menü seines Handys schaltet Muller *Rufnummer senden* ab und tippt die Zahlenfolge ein.

Es knackt in der Leitung und nach drei Freitönen meldet sich eine Frau. »Guten Tag,«, begrüßt ihn eine Dame, die Muller als Automatenstimme identifiziert, »das ist die Mailbox von ...«

Den Satz ergänzt ein Bariton: »Klaus Fischer«.

Die Leiter ist handlich. Genau das Richtige für die Gärtnerarbeit in wechselndem Gelände.

Sieht komisch aus im Gegenlicht, denkt Peter Schulz, der zum Heiligen Georg hinaufsieht, gar nicht wie ein Hut. Nach Spitzenfest und Vogelschießen hat er den Märtyrer schon öfter von einer Kopfbedeckung befreien müssen, die ein paar angeheiterte Clowns für angebracht hielten. Beharrlich hat Schulz die Würde des Schutzheiligen wiederhergestellt, damit dieser sein Wirken gegen Pest, Versuchung und Hautkrankheiten unverzüglich fortsetzen konnte.

Er stellt die Schiebeleiter auf die passende Höhe ein, lehnt die Holme an den runden Sockel und steigt nach oben. Die Erdspitzen verankern sich im gewachsenen Boden. Schnell erreicht er das Niveau des liegenden Drachen, der mit seinen Krallen in Todesnot dem Pferd den Bauch aufschlitzt. Er hält inne.

Was ist das nur für ein Ding? Er kneift die Lider zusammen. Könnte eine Perücke sein. Und was klebt da für rotes Zeug in Georgs Gesicht? Es zieht sich in unregelmäßigen Bahnen bis zu seiner nackten Brust.

Die Sache kommt Schulz nicht geheuer vor. Und dann dämmert ihm, worum es sich handeln muss. Er verstolpert eine Sprosse und kann sich im Klammergriff gerade noch abfangen. Um ein Haar wäre er von der Leiter gestürzt.

»Zum Kuckuck, Muller, haben Sie denn noch gar nichts in der Hand?«

Die hauchdünn gezupften Brauen von Kriminaldirektorin Sabine Koch sind nach unten gezogen, ihre Augen zu Schlitzen verengt. Fehlt nur der Rauch aus den Ohren, überlegt er.

»Wir arbeiten dran.«

»Was soll ich der Presse sagen?«

»Wir arbeiten dran.«

»Muller, ich lass mich nicht verscheißern! Wenn sich kein Plauener mehr auf die Straße traut, weil er damit rechnen muss, ausgestopft in der Fußgängerzone zu enden oder in Stücke übers Stadtgebiet verstreut, ist es höchste Zeit, Ergebnisse zu liefern!«

»Na ja, so schlimm ist es noch nicht. Es besteht auch noch kein Bedarf, neben Containern für Flaschen und Elektroschrott Großbehälter für Leichenteile aufzustellen«, kann er sich einen derben Scherz nicht verbeißen, bremst sich aber gleich wieder ein. »Wir arbeiten wirklich dran. Läuft alles auf Hochtouren. Spurensichern, Auswerten, Befragen. Die üblichen Verdächtigen.«

»Wer sind die Verdächtigen?«

»Davon möchte ich noch nichts publik machen. Wir sind im Übrigen auch auf andere Stellen angewiesen, zum Beispiel ist der angeforderte Verbindungsnachweis von Julia Schneiders Handy erst vor einer halben Stunde eingetroffen. Wir sind alle nur Menschen.«

»Stimmt denn die Sache vom Drachentöter?«

»Ich fürchte ja. Ein Gärtner, der die Anlage pflegt, hat einen Skalp entdeckt. Der Heilige Georg, der Nackedei zu Pferd, hatte ihn auf dem Kopf.«

Sabine Koch ist skeptisch. »Bei Gott ein menschlicher Skalp?«

Muller macht eine zustimmende Geste.

»Gibt es schon Einzelheiten?«

»Noch nicht, der Fund ging eben ins Labor.«

»Und der Besitzer?«

»Keine Spur.«

»Sie haben eine Woche. Dann schalte ich das Landeskriminalamt ein und fordere Verstärkung an.«

»So, Herr Böhm, das wird Ihrer Frau Mama zusagen.« Tanie reicht dem Briefträger eine Vorratsdose mit Gebäck für seine kranke Mutter. »Leckere Sachertorte nach Originalrezept mit Schokoglasur und Marillenmarmelade.« Aus dem Überangebot im Hotel zweigt sie gelegentlich einige Schmankerl ab.

»Lieben Dank! Die wird ihr schmecken. Am Wochenende ging es ein bisschen besser.«

»Na also!« Tanie ist optimistisch. »Geben Sie mir doch ihre Telefonnummer, dann ruf ich sie mal an.«

Böhm wühlt Stift und Papier hervor und schmunzelt. »Das wird sie freuen. Sie hat ja kaum noch Kontakte.« Mit einem Holzkugelschreiber kritzelt er die Zahlen hintereinander auf den Zettel.

Gestockte Buche, denkt Tanie, geschmackvoll ausstaffiert. »Bestellen Sie ihr einstweilen herzliche Grüße.« Sie steckt die Notiz ein.

»Werde ich ausrichten«, versichert Böhm und macht Kommissar Brans Platz, der mit großen Schritten durch die Gartenpforte spaziert.

»Tach allerseits!«, nickt der Beamte in die Runde und nutzt die Gelegenheit für eine Frage an den Briefträger. »Ist die Gegend hier eigentlich Ihre feste Tour?«

»Ja, das ist mein Bezirk. Meßbach, Thiergarten und Straßberg.«

»Dann haben Sie ja Frau Berg auch gekannt. Wann haben Sie sie denn zum letzten Mal gesehen?«

»Oh, das dürfte eine Weile her sein. Wissen Sie, viele sind bereits auf Arbeit, wenn ich anrolle. Und Briefe stecke ich einfach in den Kasten. Eine Paketzustellung ist nicht unbedingt an der Tagesordnung.« Böhm denkt nach. »Aber warten Sie, vor zwei Wochen ungefähr, da hatte ich Nasenbluten und es wollte und wollte nicht aufhören. Hatte schon die Nasenflügel zusammengedrückt und mir einen Scheibenschwamm mit Mineralwasser angefeuchtet ins Genick gelegt. Na, jedenfalls kam sie gerade aus dem Haus und hat spontan Erste Hilfe geleistet.«

»War da etwas ungewöhnlich?«, hakt Brans nach.

»Nein, Herr Kommissar, alles stubenrein gewissermaßen, ganz normal.«

»Okay. Für den Fall, dass Sie sich an weitere Details erinnern, hier ist meine Karte.« Da hat er eine Idee. »Und wenn Sie zufällig ein paar originelle Briefmarken für mich hätten, ich bin nämlich eifriger Sammler.«

»Werde sehen, was sich machen lässt«, verspricht Böhm und wendet sich zum Gehen. »Also dann, auf Wiedersehen!«

»Ich hätte Sie gern Verschiedenes gefragt, Frau Rentzsch«,

eröffnet Brans, als Böhm in seinem Postauto davonfährt. »Ist Ihr Bruder zu Hause?«

»Ich bin allein, Kilian ist bei einem Kunden.« Tanie führt ihn ins Haus. »Und ich muss auch bald weg, will vor meinem Dienst noch einkaufen.«

»Kein Problem! Es dauert nicht lange. Hätten Sie für uns eine Fotografie von Madison, der Freundin Ihres Bruders?«

»Wozu brauchen Sie denn die?«

»Bloß Routine, Frau Rentzsch. Haben Sie ein Bild?«

»Es sollte was auf dem Computer gespeichert sein. Muss ich aber erst raussuchen.«

In diesem Moment klingelt das Telefon. Tanie geht in den Flur, um abzunehmen.

»Rentzsch?«

»Signor Matteo hier. Guten Tag, Frau Rentzsch.«

»Hallo Matteo!«

»Ich möchte den Termin am Zwanzigsten bestätigen. Oder ist Ihnen was dazwischengeraten?«

»Nein, nein, Matteo, der Zwanzigste ist perfekt.« Sie beendet das Gespräch und vermerkt sich das Datum auf einem Schreibblock.

»Bitte schicken Sie uns das Foto am liebsten gestern per E-Mail.« Brans fingert die nächste Karte aus seiner Hemdtasche und legt sie auf das Flurtischchen. »Könnte ich einen Blick ins Atelier Ihres Bruders werfen?«

»Ich vermute, Sie haben einen Durchsuchungsbefehl?«

»Offen gestanden nicht. Mein Chef wollte so wenig Rummel wie möglich.«

»Mein Bruder ist unterwegs, das habe ich Ihnen doch schon gesagt.«

»Ich würde mich nur kurz umsehen, Frau Rentzsch. Aber wenn das nicht geht, müssen wir eben mit einem Durchsuchungsbeschluss anrücken«, rasselt Brans mit dem Säbel.

Tanie überlegt. »Na gut«, gibt sie nach. »Sein Studio ist unter dem Dach. Kommen Sie.«

Während Brans Schubladen aufzieht und Papiere hochhebt, spricht er die betreffenden Tage wegen des Alibis an.

»So genau ist mir das nicht mehr im Gedächtnis. Aber an dem Abend, als Sandra verschwand, waren Kilian und ich hier. Wir haben dann das Taschentuch gefunden und dieses Beauty-Case, wie Ihnen bekannt ist.«

»Und er war den ganzen Abend mit Ihnen zusammen?«

»Na ja, zusammen ist vielleicht übertrieben, er war hier oben oder mal im Keller und ich im Erdgeschoss, in meinem Arbeitszimmer oder in der Küche.«

»Hätte er das Haus verlassen können, ohne dass Sie es merken?«

»Sie sind auf dem Holzweg, Herr Brans. Kilian ist nicht der Täter.«

»Woher wollen Sie das wissen? So wie Sie von seiner Affäre zu Sandra Berg wussten?«

Muller betritt die Werkstatt der Tischlerei Fuchs in Straßberg. Der Duft von frisch geschnittenem Holz weht ihm entgegen. Gedanken an Manege, Logenplatz und wirbelndes Sägemehl steigen auf. Im Geist hört er die zischenden Becken des Zirkusorchesters. Er sieht sich über Elefanten und Tiger staunen, lange bevor Tierschützer den Fokus hinter die Kulissen lenkten. Dabei wird ihm bewusst, wie wenig es ihm damals um die Kunststücke ging und wie viel mehr darum, die Tiere aus der Nähe zu bewundern.

In der Halle laufen die Maschinen und füllen den Raum mit Lärm und Dröhnen. Er grüßt einen Handwerker mit Tischlerschürze und brüllt: »Mich schickt Ihre Sekretärin. Ich suche Klaus Fischer.«

Der Mann deutet nach nebenan und ruft: »Im Bankraum!«

Klaus Fischer sitzt auf einem Drehhocker vor einem gut sortierten Werkzeugschrank, der an der Wand hängt. Er hobelt an einem Tischbein herum.

»Hallo Herr Fischer, ich grüße Sie«, macht sich Muller bemerkbar. »Erinnern Sie sich? Ich bin András Muller von der Kripo. Ich habe Ihren Sohn vernommen, nach dem Tod von Julia Schneider. Es gibt da ein paar Punkte, die ich mit Ihnen besprechen muss.«

»Keine Zeit.« Er ist kurz angebunden. »Ich habe zu arbeiten.«

»Dann bleibt mir leider nichts anderes übrig, als Sie vorzuladen. Es ist wichtig.«

»Worum geht es denn?«

»Na, um Julia Schneider.« Muller wird ungeduldig.

»Und was hat das mit mir zu tun?«

»Das wüsste ich auch gern. Wieso hat Julia Schneider Ihre Handynummer notiert?«

»Meine Handynummer? Ist das wirklich meine, auf die Sie da gestoßen sind?«

Muller stöhnt. »Ja, Herr Fischer, da gibt es keinen Zweifel. Julia Schneider hatte sie in einem Geheimfach eines Schulheftes versteckt. Offenkundig war sie bemüht, diesen Kontakt zu verbergen.«

»Julia und mein Sohn waren in einer Klasse, wie Sie wissen. Niklas wird ihr die Nummer gegeben haben. Sein Handy war mal kaputt.«

»Wann war denn das?«

»Könnte ein halbes Jahr her sein.«

»Herr Fischer, wir haben die Liste der Telefonate. Da sind etliche Gespräche von Julias Handy auf Ihr Handy registriert. Unmittelbar bevor Ihr Sohn sie abgesetzt hat, ist der letzte Eintrag verzeichnet.«

»Ab und zu haben sie in einer Lerngruppe zusammen

Hausaufgaben gemacht. Da wurde es mitunter auch später und Niklas hat mich angerufen. Der vergisst sein Handy schon mal.« Er spielt mit einem Holzspan. »Ich habe ihm eingehämmert, pünktlich zu Hause zu sein oder mir Bescheid zu geben. Man ist ja seines Lebens nicht mehr sicher in dieser Stadt«, beschwert er sich.

»Und wie deuten Sie die Herzen mit dem Großbuchstaben ›K‹ in Julias Heft?«

Fischer schielt flüchtig zu der mathematischen Niederschrift mit den Randnotizen, die Muller ihm vorlegt. »Ein Klassenkamerad oder auch eine Kameradin?«, spekuliert er.

»Es ist amtlich, Julia hatte eine Beziehung zu einem älteren Mann aus der Gegend«, schwindelt Muller. »Um genau zu sein: aus Meßbach.«

»Karl, Konrad, Kai, Kevin. Noch weitere Vorschläge gefällig, Herr Hauptkommissar?«

Macht sich der Kerl über ihn lustig? »Die Lage ist ernst, Herr Fischer! Wo waren Sie an diesen Tagen?« Er reicht ihm einen Kalender, in dem die relevanten Daten vom Verschwinden der Frauen und dem Auftauchen der Leichen markiert sind.

Fischer linst auf die Chronik. »Da war ich zu Hause.«

»Kann das jemand bezeugen?«

»Meine Kinder«, lächelt er. »Meine Kinder können alles bezeugen.«

»*Kriebl, dreckeder!*«, schimpft Muller im Präsidium. »Das war ein Affront.«

»Können wir ihn verhaften?«

»Und wie lautet die Anklage, Brans? Unerlaubtes Weggeben einer Funknummer an Minderjährige? Uns fehlen Beweise. Glasklare, eindeutige, makellose Beweise.«

»In Kilian Rentzschs Studio lag ein Päckchen von diesen Taschentüchern, mit den Dreiecken.«

»Das ist mir zu mager, das besagt gar nichts. Die beiden hatten ein Verhältnis, warum sollte er da nicht auch ihre Taschentücher benutzen?«

»Und zwei, drei rote Filzschreiber. Das Labor hat sich schon drum gekümmert. Keine Übereinstimmung mit dem Permanentmarker. Sind nur einfache Zeichenstifte.«

»Und sonst?«

»Mehr war nicht«, bekennt Brans.

»Herrgott noch mal!« Muller schlägt mit der Faust auf den Tisch. »Keine Säge? Kein Fallbeil, Skalpiermesser?«

Brans zuckt mit den Schultern. »Jedenfalls nicht in seinem Atelier.«

»Wenigstens blutiges Nähzeug?«, fleht er.

»Mit einem Durchsuchungsbeschluss finden wir vielleicht mehr.«

Auf dem Schreibtisch klingelt das Telefon.

»Muller? … Moment.« Er reicht den Hörer weiter.

Brans lauscht eine Weile und fragt: »Wie kann ich Sie erreichen, Herr Böhm?« Er nimmt einen Zettel, notiert sich Ziffern und Buchstaben. »Ach, äh, und denken Sie an mich, wegen der Marken«, fügt er hinzu und drückt die Auflegetaste.

»Böhm, Böhm, wo muss ich den hinstecken?«

»Der Postbote, Chef. Meßbach und Umgebung.«

»Und was für Marken?«

»Briefmarken. Sie wissen doch.«

»Postbote und Briefmarken? Geht denn da was? Babys sind auch keine Experten für Kinderwagen.«

»Sie haben wirklich keinen Schimmer«, behauptet Brans.

»Was wollte denn der Knabe? Hat er schon ein paar Wohlfahrtsmarken in Aussicht? Deutsche Trachten oder furzende Haustiere?«

Brans tippt sich gedanklich an die Stirn. Die Episode mit Fischer hat seinem Chef doch ordentlich zugesetzt. »Böhm hat seine Angaben ergänzt. Er halte es für seine Pflicht. An dem Tag, als ihn das Nasenbluten ereilt habe, sei Sandra Berg nicht allein zu Hause gewesen. Er habe durchs offene Küchenfenster eine Männerstimme und einen heftigen Streit gehört. Der Bursche sei stark erbost gewesen. Worum es genau gegangen sei, habe Böhm nicht verstanden, doch habe er den Eindruck gehabt, Frau Berg sei bedrängt worden. Sie habe mehrfach geäußert, der Mann solle sie in Ruhe lassen, sie brauche Abstand, müsse überlegen. Dann sei irgendwas zerbrochen, ein Geräusch wie Scherben auf einem Fliesenboden, und gleich darauf sei Frau Berg herausgelaufen.«

»Ja und? Hat er die Stimme erkannt?« Nicht mehr lange und Mullers Geduldsfaden würde reißen.

»Er meinte, ja, nur aus Rücksicht auf die Rentzsch habe er es mir heute Vormittag nicht sagen wollen. Für ihn stehe aber fest, der wütende Mann sei Kilian Rentzsch gewesen.«

Ilse Denning packt ihr Fernglas in die Tasche. Vielleicht ist die Schließung aufgehoben, die aus Sicherheitsgründen seit zwei Jahren besteht. Das könnte durchaus sein. Sie rechnet eisern mit Geldgebern, die früher oder später die Renovierung finanzieren, um dieses Stück Vergangenheit zu bewahren.

Mit etwas Glück ist der Blick bis zum Fichtelgebirge möglich. Etliche Male war sie mit ihrem Harry auf dem Kemmlerturm. An einem klaren Julitag hat er ihr in achtzehn Meter Höhe einen Heiratsantrag gemacht. Das ist jetzt sechzig Sommer her.

Regelmäßig in der dritten Maiwoche organisiert die Seniorenresidenz *Mithras* eine Tour zum Kemmlerberg und Ilse Denning ist stets mit von der Partie. Mit ihren Freundinnen Rita und Edith gräbt sie gern die alten Plauener Geschichten aus. Ediths Grillfeste am Kemmler mit Familie und Belegschaft, damals ein Glanzpunkt in der warmen Jahreszeit, sind oft Gesprächsthema. Die Knoblauchmarinade, die panierten Zwiebelringe, Gustavs Witze-Archiv auf Zetteln in der Geldbörse und die Laiengruppe *Tauschwitz,* die in historischer Kulisse Theater spielte.

Eines Tages wird sie noch einmal hinaufsteigen, daran hält sie fest, und wenn sie nach jeder der vierundachtzig Stufen verschnaufen muss.

Binnen zehn Minuten bringt der Kleinbus die Ausflügler am Parkplatz vorbei, die kleine Anhöhe hinauf, direkt zum Einlass. Bald tauchen die Granitsteine des Bismarckturms zwischen den Bäumen auf. Als der sächsische König Georg den Thron bestieg, legten die Plauener den Grundstein. Nach dem Entwurf *Götterdämmerung* bauten heimische Unternehmer die massige Feuersäule.

Ilse Dennings Herz beginnt zu hüpfen. Der Turm ist geöffnet! Es sitzt sogar jemand auf dem Sockel neben dem Türstock, freut sie sich, dort, wo zugunsten der Statik ein Stahlseil gespannt ist. An der Spitze der Besucher klettert sie aus dem Bus, erreicht den Treppenaufgang und lehnt sich ans Geländer.

Als sie erwartungsfroh den Kopf in den Nacken legt und hinaufblickt, sackt alles Blut mit einem Schlag nach unten und der Schreck brennt sich in ihre Glieder.

4

»Ich habe sie zuerst gesehen, Herr Inspektor«, betont Ilse Denning.

Kommissar, nicht Inspektor, korrigiert Muller in Gedanken und setzt sich neben sie auf eine Bank aus Stammholz.

»Und dann erst haben die anderen geschrien. Ihr Kleid mit dem bunten Muster ist mir schon von weitem aufgefallen. Ich war nämlich schneller, verstehen Sie, wollte hoch, auf die Plattform. Aber es ist immer noch geschlossen«, seufzt die rüstige Dame.

Bis auf die Diagnose »gesperrter Turm« scheint Frau Denning wohlauf. »Ab September soll die Bismarcksäule wieder geöffnet sein, habe ich gehört«, verkündet Muller die frohe Botschaft. »Die Rettungsaktion ist geglückt.«

»Tatsächlich?«, strahlt Ilse Denning. »Sie sind ja ein Schatz!« Sie drückt ihm einen Kuss auf den Sperlingsbart. »Sie kriegen eine Ansichtskarte, sobald ich oben war«, gelobt sie. »Inspektor Muller von der Kripo, das vergesse ich nicht!«

Von so viel Jubel und Daseinsfreude kann er nur träumen. Nicht allein der perforierten Toten wegen, die auf dem Sockel des Kemmlerturms im Rampenlicht thront, die Arme über der Stahlstrebe hängend wie ein ausgeknockter Boxer im Ring. Sondern auch, weil mit jedem neuen Opfer das Landeskriminalamt mit seinen Spezialisten und Profilern droht. Gelingt es ihm nicht, die Mordserie zu stoppen, ist er den Fall ein für alle Mal los. Es ist zum *Olberwern*!

Nach erster Einschätzung des Pathologen haben mindestens zwei Dutzend Metallstifte Rumpf und Gliedmaßen einer Frau mittleren Alters durchlöchert. Sie dürfte höchstens vierundzwanzig Stunden tot sein. Ihre Identität ist unklar. Immerhin ist die Inhaberin des Skalps gefunden.

»Wir geben ein Bild von ihrem Kleid an die Lokalnachrichten, Chef.« Brans wartet vor dem Eingang zum Turm.

»Gut. An die Zeitung und natürlich ans VRF. Noch sind die auf Sendung, das nutzen wir.« Er bedauert, dass der Plauener Regionalsender aus Finanzgründen seine Arbeit einstellen muss. »Eine Aufnahme vom Gesicht können wir ja wohl knicken. Eventuell ist der Polizeizeichner in der Lage, da was draus zu machen.«

»Ja, leider, da ist nicht viel übrig«, beklagt Brans. Das dilettantische Abziehen der Kopfhaut hat erhebliche Schäden hinterlassen. »Aber das Kleid ist sehr extravagant. Das hilft bestimmt.«

»Zumindest sind nun die letzten Zweifel ausgeräumt. Ein Irrer ahmt magische Illusionen nach.«

Brans steht im Nebel.

»Wissen Sie nicht mehr?«, fragt Muller. »Jabot sprach von einem Schrank, Dornenkabinett oder so, einer Version der eisernen Jungfrau, bei der Stahlspitzen einen Körper durchdringen, meistens den einer Assistentin. Das lebende Nadelkissen. Eine Illusion von diesem … Wie hieß der gleich?« Er grübelt. »Nicola. Genau. Der große Nicola. Seine Apparate sind doch in den Dreißigern im Pazifik versunken. The Living Pin Cushion, ursprünglich ausgedacht vom berühmten Selbit, der mit der zersägten Jungfrau.«

»Ach ja«, erinnert sich Brans an Jabots ausführlichen Vortrag. »Die Spieße stecken auf einer Platte, ungefähr so wie beim Nagelbrett der Fakire, und eine Kurbel bewegt die Platte auf die Unglückliche zu, bis der Leib vollständig durchbohrt ist«, bringt er es auf den Punkt.

Muller lässt ein scharfes Atemgeräusch hören.

»Aber wozu das Skalpieren, Chef? Das ist doch nicht Teil des menschlichen Nadelkissens.«

»An und für sich nicht. Vielleicht hat sie den Täter provoziert, beleidigt, sich lustig gemacht, auf eine Schwäche angespielt. Mit dem Abschneiden der Haare samt Haut rächt er sich dafür, will sie bloßstellen und demütigen.«

»Oder er wollte sich bei einem Schuppenproblem nützlich machen«, grinst er über seinen flapsigen Satz.

»Tja, Brans, wer kann schon ermessen, was im Hirn eines Wahnsinnigen vorgeht? Wahrscheinlich weiß er es selbst nicht. Wenigstens bestätigt sich der gemeinsame Nenner der Morde.«

»Großillusionen, Marke Copperfield & Co.«

»Yep. Ach übrigens, wer sieht hier eigentlich nach dem Rechten?«

»Es gibt einen Wachdienst.«

»Und der hat nichts mitgekriegt?«

»Die marschieren nur zweimal die Woche an. Gestern am späten Nachmittag war der letzte Rundgang. Da hat niemand was Auffälliges bemerkt.«

»Also gut, die Leute vom Seniorenheim brauchen wir nicht mehr. Adressen aufnehmen erübrigt sich.« Muller hat genügend von den Hypothesen aufgeschnappt. Bei dem Getuschel, das die Lippen geformt und die Münder verlassen hat, war nichts Sachdienliches darunter.

In Brans' Hose piepst es. »Eine Nachricht«, kommentiert er und angelt sein Smartphone aus der Tasche. »Ah, Thadine Rentzsch hat das Foto gemailt.«

»Von Madison?«

»Hm. Wollen Sie's begutachten, Chef?«

»Zeigen Sie her!«

Brans reicht ihm das Handy. »Ich fürchte nur, es wird Ihnen nicht gefallen.«

Muller gefällt das Bild von Madison. Keine Frage. Attraktive Erscheinung. Lange dunkle Haare. Ähnelte vom Typ her Sandra Berg. Warum hat Thadine Rentzsch das nicht erwähnt?

Er nimmt eine Lasagne aus der Tiefkühltruhe und schiebt

sie in die Mikrowelle. Mit einem naturtrüben Kellerbier geht er ins Wohnzimmer. Eben beginnen die Nachrichten, die das vogtländische Regionalfernsehen stündlich sendet und eine Vielzahl an Haushalten erreichen.

... bittet die Kriminalpolizei um Ihre Mithilfe ..., sieht er die Sprecherin formulieren und schaltet den Ton an.

Brans liegt richtig, das Kleid ist tatsächlich außergewöhnlich. Eng geschnitten und körperbetont. Nichts von der Stange, vermutlich Eigenkreation, aber professionell geschneidert. Das Stoffmuster ist markant. Sechs Farben fließen ineinander und bilden eine große geometrische Figur. Vielleicht reicht das für ein Wiedererkennen. Die Zeitung wird auch noch ein Foto davon bringen.

Er trägt Besteck und die dampfende Lasagne zum Fernseher. Als er sich ein Sternquell einschenkt, klingelt es. Nicht ausgerechnet jetzt, meutert er. Es ist doch nicht zu viel verlangt, nach so einem komplizierten Tag in Ruhe den Feierabend genießen zu wollen. Wer kann das sein? Er läuft in die Diele und öffnet die Tür. Ärgerlich registriert er, wie die Überraschung ein Schmunzeln auf sein Gesicht malt.

»Was tun Sie denn hier?«

»Wollen Sie mich nicht reinlassen, Herr Kriminalhauptkommissar?«

»Ich bitte um Verzeihung, treten Sie doch näher.«

Unmittelbar darauf steht Thadine Rentzsch im Korridor.

»Möchten Sie nicht ablegen?« Muller deutet eine artige Verbeugung an.

»Ich will Sie nicht aufhalten.«

»Wenn das so ist, auf Wiedersehen! Kommen Sie gut nach Hause.«

»Hätten Sie einen Moment?«

»Aber dann Schluss mit den Mätzchen«, seufzt er, »geben Sie Ihre Jacke her.«

»Sind Sie eigentlich immer so geradeheraus, Herr Kriminalhauptkommissar?«

»Und gewöhnen Sie sich den Kriminalhauptkommissar ab! Oder ich schmeiße Sie umgehend raus!« Er hängt den Blazer zu seinem Cordsakko und erwägt, Thadine Rentzsch kurzerhand dazuzuhängen.

»Ich dachte, das sei die korrekte Anrede. Wie soll ich sonst zu Ihnen sagen?«

»Wenn ich mich nicht irre, habe ich das bereits angesprochen. Ich heiße Muller.«

»Muller?« Sie dehnt den Namen, als wäre er ihr gänzlich fremd. »Das klingt sehr unpersönlich.«

»Na, erlauben Sie mal«, entrüstet er sich, »Kriminalhauptkommissar, das klingt unpersönlich und anonym. Aber Muller ist schließlich keine Dienstbezeichnung.«

»Sie sind eine ziemlich harte Nuss«, stellt sie fest.

»Und wie ist es mit András?«, gibt er nach.

»Das ist mir zu lang«, behauptet sie.

»Ja. Absolut begreiflich! Kriminalhauptkommissar ist das gefeierte Kurzwort des Jahres.«

»Sie essen gerade?«

»Nein. Schmatze ich etwa? Habe ich Sauce im Mundwinkel oder ein Lätzchen um?«

»Aber ich rieche es doch.«

»Was wollen Sie, Tanie?«

»Es klappt ja«, freut sie sich.

»Was?«

»Mich Tanie zu nennen.«

»Was wollen Sie?«, beharrt Muller, ohne auf ihr Ablenkungsmanöver einzugehen.

Sie lässt sich nicht stören und folgt ihrer Nase ins Wohnzimmer.

»Darf ich Ihnen auch etwas Lasagne reichen?«, brummelt er.

»Mit Vergnügen! Wenn Sie was übrig haben.«

Durchaus nicht, denkt er, organisiert aber trotzdem einen Teller und ein Glas aus der Küche. Tanie macht es sich inzwischen auf dem Sofa bequem. Er setzt sich neben sie und teilt den Auflauf in zwei Stücke.

»Unsere erste gemeinsame Mahlzeit.« Sie kaut und balanciert das Porzellan auf den Knien.

»Haben Sie vor, das zu wiederholen?«

»Sie nicht?«

Auf diesen frechen Spruch hat er nicht gleich die passenden Worte parat.

»Wissen Sie was, Andy Muller? Ich kann Sie gut leiden. Mögen Sie mich auch?«

Diese Frau tötet ihm noch den letzten Nerv. Damit kann er wenigstens einen Mörder festnageln. »Ich habe da neulich so viel Abneigung in Ihrem Blick gesehen, dass ich das kaum glauben kann«, weicht er aus.

»Das galt nicht Ihnen, nur dem, was Sie gesagt haben.«

»Ist das nicht dasselbe?«

»Für mich nicht.«

»Eine noble Einstellung«, lobt er.

»Und?«

»Und was?«

»Sie haben wieder nicht geantwortet.«

»Es wird Sie erstaunen, doch, um es vorsichtig auszudrücken, ich kann Sie nicht ausstehen«, beteuert er.

Tanie verzieht den Mund zu einem breiten Lächeln und strahlt.

»Ich finde Sie aufdringlich und enervierend.«

Sie grinst und Muller sieht sich genötigt, noch zuzulegen. »Dickköpfig und stur. Impulsiv und rundum anstrengend.«

»Sie haben mir auch von der ersten Minute an gefallen«, verrät Tanie.

»Ich fürchte, Sie verstehen mich nicht. Ich meine das ehrlich.«

»Ja, ich weiß.« Auf der Polsterecke sitzen sie Seite an Seite. »Ich weiß genau, wie Sie das meinen.«

»Davon bin ich nicht überzeugt. Weshalb sind Sie hier, um Ihren Bruder rauszupauken? Wieso haben Sie verheimlicht, dass Madison und Sandra sich geähnelt haben?«

»Geähnelt? Allenfalls vom Typ her. Und was soll das beweisen?« Sie funkelt ihn an. »Sie angeln sich doch heute auch keine speckige Blonde mit Boxernase und Glupschaugen und morgen eine magere Brünette mit Froschmaul und Damenbart.«

Muller schweigt.

»Oder doch? Dann gründet Ihre bunte Mischung wohl auf dem Umstand, dass Sie keine Wahl haben und nehmen müssen, was nicht bei drei auf dem Baum ist.«

»Ach, deshalb sind Sie also hier? Um mich ohne Zeugen zu beleidigen? Sie suchen doch nur jemanden, an dem Sie Ihren Ärger abreagieren können. Ihr Bruder hat seine Liebesbeziehung vor Ihnen verschwiegen und das macht Sie zornig.«

»Jetzt hören Sie mal zu, Andy Muller, Sie sind ein ekelhafter, widerlicher Kerl. Nun haben Sie den Bogen eindeutig überspannt. Ich hoffe, Sie ersticken an Ihrer Lasagne!« Sie schnellt hoch. Der Teller mit dem Auflauf plumpst zu Boden. Für eine Sekunde ist sie erschrocken, fasst sich aber rasch, kehrt dem Malheur den Rücken zu und steuert den Flur an.

Sofort springt er über die Sofalehne und blockiert den Weg. »Moment, hier kommen Sie nicht mehr so leicht raus, Tanie Rentzsch! Nicht, bis wir das geklärt haben!«

»Und wie wollen Sie mich daran hindern? Festbinden?«

»Wenn's nötig ist!«

»Ich schreie das ganze Haus zusammen!«

»Tun Sie das ruhig. Ich werde sagen, Sie boten mir gewissermaßen Naturalien an, wenn ich die Verdachtsmomente gegen Ihren Bruder unter dem Teppich halte. Als ich mich weigerte, fingen Sie an zu kreischen.«

»Das wagen Sie nicht!«

»Nein.« Muller tritt beiseite. »Da haben Sie recht, das wage ich nicht«, gibt er zu und lässt sie passieren. »Auf Wiedersehen, Tanie Rentzsch.« Er wendet sich ab, während sie hinausgeht. Donnernd fliegt die Wohnungstür ins Schloss.

Meisdrack, geriehrter! Warum verhält er sich so? Er könnte sich ohrfeigen. Sie hat es perfekt getroffen, ekelhaft und widerlich. Geschmacklos und ungenießbar könnte er noch ergänzen. Wütend tritt er seinen Fuß mit voller Kraft gegen die Wand. Reißender Schmerz schießt in die Zehen, zieht sich zum Knöchel und bis in die Wade. »Ich Esel, ich *daamischer*!«, brüllt er.

»Nicht schimpfen, Andy Muller, nicht schimpfen«, flüstert es hinter ihm. »Wird denn am Ende nicht immer alles gut?«

Er dreht sich um und sieht in ihre ruhigen tiefblauen Augen. »Ich kenne Geschichten, die alles andere als gut sind.«

»Dann sind sie einfach noch nicht zu Ende.«

Spontan nimmt er sie in die Arme.

Kurz bleibt ihr die Luft weg, so fest drückt er sie an sich.

Kilian Rentzsch sitzt in seinem Studio, vertieft in den *Vogtland-Anzeiger*.

»Dolchstoß am Kemmlerturm – Papa Tod durchlöchert viertes Opfer«, schreit es auf der Titelseite.

»Als Ilse Denning am Montagmorgen wie gewöhnlich frühstückt, ahnt sie nicht, dass sie noch am selben Tag zu einem Puzzleteil in einer Mordserie werden würde«, heißt es im Vorspann.

»Der Kemmlerturm, der zur Freude vieler Plauener bald wieder begehbar sein wird, mutierte gestern zu einem Ort des Grauens. Beim jährlichen Ausflug der Seniorenresidenz *Mithras* machte Ilse Denning einen schrecklichen Fund.

Auf dem unteren Turmsockel saß die skalpierte Leiche einer Unbekannten. Die Frau war um die vierzig und trug ein auffälliges Kleid. Ihr Körper weist insgesamt einunddreißig Löcher auf, die nach Angaben der Polizei eine Art Spitzbohrer hinterlassen haben musste. Wahrscheinlich benutzte der Täter mehrere dieser Instrumente, die in jedem Baumarkt erhältlich sind. Die Stahlklingen verletzten lebenswichtige Organe.«

Kilian erinnert sich an die hässliche Episode mit Frau Schneider im Baumarkt bei den Schraubenziehern. Unerklärlich, wie sie ihn derart überzeugt mit ihrer Tochter und den Buchstaben in deren Schulheft verknüpfte. Das müssen die Nerven gewesen sein, die Folgen der Tragödie. Zum Glück hatte Muller den Spuk beendet, bevor er richtig in Gang kam.

»Vermutlich baute der Killer aus den Werkzeugen ein sogenanntes Dornenkabinett, wie es einige Magier in ihrer Show verwenden.«

Dass ausgerechnet ihm der Zusammenhang zu Zauberillusionen in den Sinn gekommen war, schmeckt Muller nicht. Unter dem Strich bedeutet das, ein simpler Werbefuzzi denkt weiter als die Polizei. Es hat sich geradezu angeboten, ihn daraufhin in den engeren Kreis der Verdächtigen aufzunehmen.

»Um wen es sich bei der Toten handelt, konnte bislang nicht ermittelt werden. Die Frau war von mittlerer Statur und soll mindestens einmal geboren haben. Hauptkommissar András Muller von der Kripo Plauen setzt bei der Identifizierung der Toten vor allem auf ihr extravagantes Kleid.«

Kilian Rentzsch betrachtet die Fotos und liest die Unterzeilen. »Ilse Denning fand das vierte Mordopfer«, »Heiliger Georg mit Skalp« und »Wer kennt dieses Kleid?«.

Ein apartes Design, die Farbbereiche greifen harmonisch ineinander, überlegt er und fixiert die Linien, die sich durch den Wechsel der einzelnen Töne ergeben. Doch aus heiterem Himmel verschwimmen die Konturen, die Farben ballen sich zusammen, blasen sich auf, schrumpfen. Unruhe steigt in ihm hoch, krallt sich in seinen Bauch. Blau, Orange, Gelb, Rot. Rot. Rot. Das Bild des Musters an einem fremden Ort blendet sich ein. Rot. Rot. Noch ein Flash, noch einer. Schaudern. Zittern. Er schüttelt sich und reibt seine Wangen. Das kann doch nicht sein! Jagt ihm das Muster Angst ein?

»Peter Schulz hat schon viel gefunden bei seiner mehrjährigen Arbeit als Anlagengärtner der Stadt Plauen. Neben den üblichen Dingen, wie Schlüssel, Fäustlinge, Geldbeutel, Mobiltelefone oder Radkappen, waren ein Ehering und sogar eine Trompete dabei. Ein Skalp war bisher nicht belegt. Wie die Kripo Plauen bestätigt, handelt es sich bei dem Schopf um das abgetrennte Haupthaar der Toten vom Kemmlerturm.«

Um die Schere herauszufischen, öffnet Niklas Fischer die Schublade seines Schreibtisches. Sie lagert auf dem Zipfel eines Fotos, das er dort versteckt hat. Er schiebt es ordentlich unter einen Stapel Papier.

Dann schneidet er den Artikel aus und pinnt ihn mit einem Hammer zu den anderen an die Wand. Er schlägt hart zu. Mit dem Gedanken an den Schnappschuss kriecht Wut in ihm hoch. Julia und sein Alter, wie er ihr die Titten betatscht. Dieser ätzende, nach Bier stinkende Spacko! Dafür wird das Schwein büßen.

Nachdem er Julia am Tag ihres Verschwindens an der Bäckerei Wichmann abgesetzt hatte, parkte er sein Moped in der Garage, aß schnell ein Wurstbrot und griff sich eine Cola. Danach lief er ins Burgholz zur Blockhütte, wie so oft nach der Schule. Er verbarg sich im Schuppen, aber sie kam nicht. Wo steckte sie nur?

Gerade wollte er seinen Posten aufgeben, da schlenderte Julia heran. Sie schien es nicht sonderlich eilig zu haben. Kurz darauf entdeckte er den Alten, der sich in einigem Abstand zu

Fuß näherte. Für gewöhnlich stellte er seinen Wagen in einem Seitenweg ab. Julia sprang ihm entgegen, hängte sich an seinen Hals und lachte.

Die Szene drückte Niklas das Herz ab, schnitt hinein und hinterließ eine klaffende Wunde, aber er zwang sich, hinzusehen.

Hand in Hand spazierten sie weiter zur Hütte. Die Tür schloss sich hinter ihnen und er schlich zum Fenster. Angewidert beobachtete er, wie sie fummelnd aufs Sofa sanken. Der elende Schwachmat grapschte unter Julias T-Shirt und ihre Beine entlang. Beständig schob sie seinen Arm weg und kicherte.

Wie ein Blutegel saugte er sich an ihrem Mund fest, fing ihre Handgelenke und presste sie in die Polster. Sie küsste ihn zurück. Doch dann drehte sie den Kopf zur Seite, strampelte und versuchte, sich zu befreien.

Schließlich kugelten sie herum und fielen auf den Boden. Julia lachte wieder. Mit Schwung hievte sie der Scheißkerl auf die Couch und vergrub sein Gesicht in ihrem Schoß, doch ihre Absätze stießen ihn fort. Er landete auf den Dielen. Energisch richtete er sich auf und warf sich über sie.

Als Niklas ein Keuchen zu hören glaubte, wandte er sich ab und hielt sich die Ohren zu. Nach einer Weile schaute er erneut durch die Scheiben an der Kurzgardine vorbei in den kleinen Raum des Häuschens. Julia erhob sich und murmelte etwas, das er nicht verstand.

Sein Alter wurde laut und lauter, bis er brüllte. »Ich lass mich nicht mehr hinhalten!« Er holte aus und versetzte ihr einen Hieb mit der Faust. Dabei umklammerte er seinen Autoschlüssel, den er eben aufgehoben hatte. Sie stürzte rückwärts auf das Sofa.

Niklas wurde übel. Er hatte genug mitbekommen. Im Schuppen hockte er sich auf eine Kiste und atmete tief durch. Sein Schädel drohte zu platzen. Maßloser Zorn fraß sich in sein

Hirn. Ein Schwarm Wespen stach sich durch seinen Kopf. Die höllischen Schmerzen benebelten seinen Sinn.

Ein Krachen. Er wusste nicht, wie viel Zeit vergangen war, während er so dagesessen hatte, wie in Trance. Durch einen Spalt zwischen zwei Brettern bemerkte er seinen Vater, wie er aus dem Haus rannte und den Pfad zum Waldrand nahm. Er wartete. Wartete lange. Doch Julia tauchte nicht auf. Hatte er sie verpasst?

Mit zögernden Schritten ging er auf den Eingang der Blockhütte zu.

»Ich habe die Angaben der Leute überprüft, Chef, die sich im Anschluss an den Bericht im Fernsehen gemeldet hatten. Bisher leider Fehlanzeige. Außer einem Anruf, der klang vielversprechend.« Brans checkt seine Notizen. »Herold, Am Bärenstein. Sie behauptet, das Kleid gehöre ihrer Untermieterin.«

Auf der Tour entlang der Dobenaustraße Richtung Stadtpark sieht Muller nichts von Gebäuden oder Verkehr. Seine Gedanken sind bei Tanie. Nachdem er sie im Wohnzimmer eine Ewigkeit im Arm gehalten hatte und die Nacht heimlich in die Ecken geschlichen war, hat er vorgeschlagen, das Abendessen fortzusetzen.

Die Lasagne war kalt und eingetrocknet. Die Essensreste auf seinem alten Flokati sahen nicht besser aus.

»Ich hab ohnehin keinen Hunger, Tanie Rentzsch«, gab er zu.

»Ich auch nicht«, bestätigte sie.

Am Ende saßen sie auf dem wuscheligen Hirtenteppich und sammelten die Hackfleischbrocken und Pastastücke aus dem gefilzten Vlies.

»Du Scheusal!« Sie boxte ihn unvermittelt mit dem Ellenbogen. »Denkst du echt, ich schneie bei dir rein, um Kilian, wie hast du das ausgedrückt, rauszupauken?«

»Nein, nein. Das hab ich doch nur so gesagt«, beichtete er.

»Und was ist mit dir? Glaubst du tatsächlich, ich bin nur wegen Gratisparkplätzen Polizist geworden?«

»Das ist doch ein Standardspruch. Den kanntest du doch bestimmt schon, Sheriff!« Sie schaute ihn frech an und ein Klumpen Nudel traf ihre Schulter. »Wieso kannst du das eigentlich? Lippenlesen meine ich.«

»Flora und ich, wir haben es uns gegenseitig beigebracht. Meine Schwester ist seit ihrer Geburt gehörlos.«

»Ach, so ist das.« Tanie nickte und kämmte ein paar Teppichfäden glatt. »Und wie bist du nun wirklich bei der Polizei gelandet?«

»Das ist ein Kapitel für sich, an dem Flora nicht ganz unschuldig ist. Irgendwann erzähl ich es dir.«

Sie grübelte. »Kann es sein, dass es Übergriffe gegeben hat? Gehörlose werden oft zur Zielscheibe. Hat es damit zu tun?«

»Jetzt wirst du mir unheimlich, Tanie Rentzsch.«

»Wieso denn? Ich unterstütze die Opferhilfe hier in Plauen und zähle nur eins und eins zusammen.«

»Du bist ja ein richtiger Allrounder«, sagte er verblüfft, wendete aber ein: »Ich rede ungern darüber. Ein andermal vielleicht.«

Er war froh, sie drängte ihn nicht, sondern trug die Leichen ihrer ersten gemeinsamen Mahlzeit hinaus. Danach setzte sie sich dicht zu ihm und sah ihn zärtlich an. »Wenn ich nicht da bin, um Kilian aus der Patsche zu helfen, warum dann? Hast du eine Idee?«

Er strich mit der Rückseite der Finger ihre Wange und ihren Hals entlang, schob seine Hand in ihr Haar und zog sie sanft zu sich heran. Seine Lippen streichelten ihren Mund. Die Berührung besaß etwas Linderndes, Heilsames, wie der warme Schokoladenpudding, der ihn als Kind in seinem Kummer getröstet hatte.

»Pass doch auf!«, schmettert Brans einem Kombi nach und hupt. »Sie sind ja so vergnügt, Chef. Haben Sie im Lotto gewonnen?«

»Mag sein«, entgegnet er. Der Druck der jüngsten Tage ist verflogen und einer Art Freude gewichen, einer Hochstimmung, die es mit allem und jedem aufnehmen kann. Wann hat er sich zum letzten Mal so befreit gefühlt?

»Ganz schön nobel hier draußen.« Brans parkt den Wagen.

Denkmalgeschützte Wohnhäuser früherer Kultur säumen den Weg. Fassaden aus Glas, Stahl und Sandstein. Ausgedehnte Gärten, jahrzehntelanger Baumbestand. Die Zeit des Jugendstils. Eine Epoche, die in Plauen üppig blüht und ein Stadtbild mit historischem Flair prägt.

Zwei Passanten auf dem Gehsteig vis-à-vis unterhalten sich. *Das ist doch Polizei! Riech ich zehn Meter gegen den Wind!*, dolmetscht Muller die Lippenbotschaft. »Was ist das eigentlich, Brans, das Sie überall prompt als *Pollezeier* entlarvt?«, witzelt er.

Brans versteht Bahnhof und Muller schmunzelt.

Frau Herold ist eine energische Person in den Sechzigern. »Renate Klein ist erst vor ein paar Wochen eingezogen.« Sie schiebt ihre Frisur zurecht. »Seit Donnerstag ist sie nicht mehr zu Hause gewesen. Es war auch keine Rede davon, dass sie länger fortbleiben wollte. Und für gewöhnlich achtet sie absolut mustergültig auf Emma.«

»Emma?«

»Sie hat eine Mischlingshündin. Emma heißt sie. Die lässt sie nicht allein, ohne Bescheid zu geben.«

»Und Sie haben das Kleid erkannt?«

»Sofort! Das hat sie mit meiner Maschine genäht.« Sie deutet auf ein betagtes Modell mit Fußantrieb. »Frau Klein ist sehr geschickt, kann mit Nadel und Faden umgehen. Hat mir einiges geändert. Sitzt tadellos. Soll ich es Ihnen zeigen?«

»Nein, danke, das glauben wir Ihnen auch so. Und das Kleid trug sie, als sie wegging?«

»Ja, allerdings. Sie war leicht geschminkt und erwähnte, sie habe eine Verabredung, wäre aber schon spät dran.«

»Welchen Eindruck machte sie?«

»Sie war heiter, ein bisschen aufgekratzt. Sonst eigentlich wie gewohnt.«

»Hat sie zuweilen Besuch empfangen?«

»Ich schnüffle doch keinem hinterher«, pikiert sich Frau Herold.

»Wir dachten, Sie hätten da ganz unabsichtlich was aufgeschnappt oder beobachtet. Aufmerksame Mitbürger haben schon manchen Fall gelöst.«

»Hier war niemand.« Trauer um die verpasste Chance schwingt in ihren Worten. »Keiner, der für sie angerufen hat oder vorbeigekommen ist.«

»Dürfen wir uns in ihrem Zimmer umsehen?«

»Aber natürlich.«

Emma ist eine freundliche Hündin. Muller beugt sich zu ihr hinunter und krault sie unter den Ohren. Sie wedelt mit dem Schwanz und schleckt ihm über Nase und Sperlingsbart. Es ist Liebe auf den ersten Blick.

Bei einer anfänglichen Inspektion offenbart der Raum keine Hinweise. Kaum persönliche Sachen, weder Papiere noch Fotos oder Handy, nicht mal eine Hundemarke.

»Wo arbeitet sie denn?«

»Darüber haben wir nie gesprochen, hat für drei Monate im Voraus bezahlt.«

»Eine Einheimische?«

»Meiner Ansicht nach ja.«

»Sie haben nicht zufällig ein Bild von ihr?«

»Nein, leider nicht.«

»Wir können Ihnen das nicht ersparen«, bedauert Muller.

»Aber wie die Dinge stehen, müssen Sie nicht nur das Kleid identifizieren, das inzwischen ziemlich gelitten hat, sondern auch die Leiche.«

Frau Herold ist praktisch veranlagt und beteuert, in ihrem Leben schon vor viel schwierigeren Aufgaben gestanden zu haben. Bloß um den Hund vermöge sie sich gegenwärtig nicht zu kümmern. Ihr Knie ließe sie zurzeit im Stich. Sie zieht ihren Rock hoch und präsentiert den Beamten einen Verband, umhüllt von Nylonstrümpfen.

»Das managt das Tierheim«, meint Brans. »Da brauchen Sie sich nicht zu sorgen. Die schicken jemanden vorbei, der den Hund abholt.«

»Ich denke, das Tierheim kann warten. Ich nehme sie vorerst zu mir, bis alles geklärt ist.« Muller schaut Emma an und Emma schaut ihn an. »Womöglich stiefelt Frau Klein heute Abend auch einfach durch die Tür, hat das gleiche Kleid für eine Freundin geschneidert, das lässt sich zur Stunde nicht ausschließen. Oder wollen Sie Emma bei sich zu Hause unterbringen?«, erkundigt er sich bei Brans.

»Ich? Chef, Sie wissen doch, wie meine Frau ist.«

Karola Ziebart-Brans ist bemüht, ihr Domizil hygienisch, sauber und keimfrei zu halten. Auf dem spiegelnden Fußboden und den in Linie ausgerichteten Möbeln fehlen nur die Kärtchen »Fliesenboden und Einrichtung frühes 21. Jahrhundert«. Bei Mullers kurzen Besuchen weist ihm Karola stets einen abgezirkelten Bereich zu, wo sogar nachlässiges Krümeln geduldet ist. Schrubber und Wischmopp laufen sich derweil in der Küche warm. Und wenn er fort ist, nimmt der Spezialimprägnierer für fleckgefährdete Oberflächen seinen Dienst auf. Er hat keine Ahnung, wie Brans in diesem Museum existieren kann.

»Ja, dann pack ich Ihnen jetzt die Hundesachen zusammen«, entscheidet die Vermieterin.

»Sie können direkt bei uns mitfahren, Frau Herold«, bietet Muller an.

»Und wie komme ich heim?«

»Einer unserer Wagen wird Sie zurückbringen.«

»Ein richtiger Streifenwagen, hoffe ich doch!«

»Und dann sah ich sie«, dramatisiert Ilse Denning. »Wie die Loreley hat sie da runtergeguckt. Doch ihre Augen waren kalt und tot. Ich wusste auf der Stelle, hier ist was Grauenvolles passiert.«

Rita Werner besucht ihre langjährige Freundin Ilse in der Seniorenresidenz *Mithras*. Sie sitzen auf dem Balkon des Einzimmerapartments mit freier Sicht zum Schwarzen Holz bei Kaffee und Kokostorte.

»Der Inspektor hat mir Personenschutz angeboten. Aber ich habe rundweg abgelehnt.«

»Personenschutz?«

»Weil ich die Erste am Tatort war. Verstehst du?«

»Nicht ganz«, gibt Rita Werner zu.

»Ich sage nur: wichtige zentrale Zeugin. Mehr darf ich nicht verraten.«

Frau Werner glaubt die Geschichte vom Personenschutz nicht so recht, samt zentraler Zeugin. Was soll das sein? Ilse denkt sich gern ein paar spannende Details zusätzlich aus. Doch sie kommt allzeit mit Freude hierher und begrüßt die Freundin im Gegenzug bei sich zu Hause. Sie sind beide ohne Familie und die gemeinsamen Stunden möchte sie nicht missen. »Hat Edith eigentlich mal angerufen?«, fragt sie. »Man hört so wenig von ihr.«

»Die fühlt sich wohl bei ihrem Sohn. Der kümmert sich«, weiß Ilse Denning. »Da bin ich unbesorgt, ihr geht's gut.«

Rita Werner schaut auf die Uhr. »Ach du liebes Lieschen, nun habe ich meinen Bus verpasst.«

»Dann nimmst du dir heute zur Feier des Tages ein Taxi für das Stückchen von zehn Minuten«, schlägt Ilse Denning vor und greift zum Telefon. »Das leisten wir uns dann auch, wenn der Turm endlich seine Tore öffnet. Im September, denk dran.«

Bald meldet eine Pflegerin, der Wagen stehe am Eingang bereit. Die alten Damen machen sich auf den Weg durch Treppenhaus und Eingangshalle. Sooft es möglich ist, lässt Rita Werner den Lift links liegen, um in Form zu bleiben.

»Und in zwei Wochen bist du bei mir«, stellt sie fest.

»Natürlich«, verspricht ihre Freundin, »wie gewohnt. Einmal bei mir und vierzehn Tage später bei dir.«

»Knielohstraße zweiunddreißig, bitte«, weist Rita Werner den Chauffeur an und klettert auf den Rücksitz. Sie sieht Ilse winken, gleich darauf ist sie hinter einer Kurve verschwunden.

Wie immer hat sie die Zeit mit ihrer Freundin genossen. Und die Torte war lecker. Sie will für das nächste Treffen mit Ilse ein spezielles Rezept versuchen. Etwas mit Mokkacreme und Schlagsahne. Neulich servierte sie Schwarzwälder Kirsch aus der Konditorei um die Ecke. Diesmal plant sie, selbst den Backpinsel zu schwingen. Im Geist listet sie die Zutaten auf. Da hat sie eine Eingebung.

»Ach, setzen Sie mich doch lieber am Supermarkt in der Bismarckstraße ab. Ich brauche noch Milch. Die hilft mir nämlich beim Einschlafen«, räumt sie ein.

»Soll ich warten?«, erkundigt sich der Fahrer.

»Nein, danke. Ich laufe den Rest.«

Der kleine Spaziergang am Park vorbei bis zu ihrer Wohnung wird ihr guttun.

»Da musste sich selbst Frau Herold mal setzen«, freut sich Brans.

»Das ist kein schöner Anblick«, gibt Muller zu.

»Wenigstens ist jetzt klar, wie die Tote heißt.«

»Komisch nur, dass in Plauen keine Renate Klein gemeldet ist, zumindest niemand in diesem Alter.«

»Könnte von außerhalb stammen«, erwägt Brans.

»Oder der Name ist falsch. Frau Herold hat keine Papiere kontrolliert«, merkt Muller an. »Jedenfalls wird nirgends eine Renate Klein vermisst.«

»Und was ist mit Emma? Wenn sie ein Rassehund ist, hat der Verein bestimmt Unterlagen über die Käufer.«

»An sich eine gute Idee, Brans«, lobt Muller. »Doch wie Frau Herold schon sagte, definitiv ein Mischling, ohne tätowierte Nummer. Wir sollten uns den Tatsachen stellen, sie ist ein Hucosch«, kombiniert er aus den Anlauten. »Ein Cocktail aus Husky, Collie und Schäferhund. Oder so was in der Art.«

Emma spitzt die Ohren.

»Selbst wenn sie reinrassig wäre und das Tattoo nicht zu entziffern, gäbe es keine Garantie, unsere Emma in irgendeinem Computer zu finden«, schätzt Muller. »Viele Hundebesitzer nennen ihre Schützlinge anders, als im Stammbaum registriert. Da steht so was wie Trutz vom Herrenhof oder Motte von der Waldwacht und die hören dann auf Jimmy oder Frau Schmidt.«

»Oder Sultan.«

»Oder Emma. Wir lassen mal sicherheitshalber noch ein Lesegerät nach einem Chip suchen. Doch ich fürchte, das läuft auch ins Leere.«

»Und die Hundesteuer?«

»Negativ. Wohl eine der Nichtzahler. Bleibt eigentlich bloß, ein Bild von Emma ans Tageblatt zu geben.«

»Also fangen wir wieder bei Null an.«

»Scheint so.« Muller streichelt Emmas hellbraunes Fell. Sie sitzt dicht bei ihm und weicht nicht von seiner Seite. »Aber vielleicht hat der kleine Hucosch unseren Täter gesehen. Da bräuchten wir nur eine Gegenüberstellung.«

»Wissen Sie, wie Sie mir vorkommen, Chef, wenn ich Sie mit dem haarigen Mädel sehe? Wie Jesse Stone.«

»Allein mit dem Unterschied, Emma ist kein Golden Retriever namens Reggie und ich trinke keinen Whisky.«

Die Tür geht auf. »Draußen hat sich einer angekettet«, ruft ein Mitarbeiter herein. »Nackt, an einer Figur vom Albert-Brunnen. Verlangt, dass man ihn einsperrt. Behauptet, er sei Papa Tod.«

»Papa Tod?«, fragt Muller und sieht vom Fenster auf den Brunnen hinaus mit seinem Bronzeschachbrett und dem Wassertisch aus Granit. Zwischen den Beinen einer Skulptur mit verschränkten Armen verläuft eine Sicherheitskette.

»Lesen Sie keine Zeitungen, Chef?«

»Wenn ich's vermeiden kann.«

Ein Polizist hantiert mit einem Bolzenschneider, dann tragen die Beamten einen strampelnden Mann weg.

»Nach der Entdeckung am Kemmlerturm ist durchgesickert, dass ein Bekloppter nach magischen Illusionen mordet und die vier Toten auf sein Konto gehen«, berichtet Brans. »Die Presse nennt ihn Papa Tod.«

»Ich war das, Herr Kommissar! Ich bin Papa Tod. Ich hab ihnen die Köpfe abgehackt.« Ein kleiner, dünner Mann Ende fünfzig sitzt mit einer Decke bekleidet im Vernehmungszimmer. Strähniges Haar, unrasiert, schmutzige Fingernägel. Den Namen Heiko Schwarz hat er widerwillig zu Protokoll gegeben. Wollte lieber als Papa Tod geführt werden.

»Wem haben Sie die Köpfe abgehackt?«, erkundigt sich Brans.

»Na, dieser Lehrerin und der anderen da.«

Eine Polizistin bringt die Wäsche, die neben dem Brunnen lag.

»Ziehen Sie sich erst mal an.« Muller taucht aus dem Hintergrund auf, wo er mit Emma gesessen hat, und reicht ihm die Sachen.

»Beißt der?« Heiko Schwarz weicht ängstlich zurück und zeigt auf den Hucosch.

»Lammfromm«, beteuert Muller.

»Sie haben ihnen also die Köpfe abgehackt. Und wie haben Sie das angestellt?«, forscht Brans weiter.

»Ich habe ein großes Messer genommen.« Er macht eine Faust und deutet an, wie er mit dem Griff die Schneide hin- und herbewegt hat. Dann schlüpft er in Hosen und T-Shirt. Knochig, hager, etwa ein Meter sechzig groß, taxiert Muller.

»Und die Letzte, die hab ich mit Hammer und Meißel bearbeitet«, beharrt er. »Die haben ganz schön geschrien, kann ich Ihnen sagen. Aber es hat ihnen nichts genutzt.«

»Und wo haben Sie die Damen bearbeitet?«

»Na, zu Hause.«

»In Haselbrunn?« Brans linst auf das Formular mit den Personalien.

»Hm. Hab da ein Zimmer zur Untermiete.«

»Und das ganze Blut – da hat sich Ihre Wirtin bestimmt beschwert«, fürchtet Brans. »Die sind ja oft so pingelig.«

»Wollen Sie mich verarschen? Das war im Keller. Hab die Sauerei mit dem Wasserschlauch weggespült. Da kann sich keiner beklagen!«

»Und warum haben Sie die Frauen ermordet?«

»Warum?«

»Ja, warum? Welchen Grund hatten Sie, welches Motiv?«

Heiko Schwarz zögert und meint schließlich: »Na, das sind doch Schlampen. Nutten sind das.«

»Schlampen, so, so«, wiederholt Muller. »Wieso haben Sie jedem Opfer den kleinen Finger abgeschnitten?«

»Na, das war, weil, weil, weil ich … Ich wollte eine Trophäe behalten.«

Ziemlich kluge Antwort, muss Muller zugeben. »Vielleicht ein andermal, Herr Schwarz. Sie verschwenden unsere Zeit, Sie sind es nicht gewesen!«

»Sie irren sich, Herr Kommissar. Sie müssen mich einsperren, damit das Schlachten aufhört!«, fleht er und hält seine Arme aneinander. »Legen Sie mir Handschellen an!«

»Raus jetzt! Verschwinden Sie!«

Emma bellt.

»Sie machen einen schrecklichen Fehler!«

Muller öffnet nachdrücklich die Tür.

»Die Nächste habe ich schon versteckt! Aber Sie werden sie erst finden, wenn es zu spät ist!«

Noch als ein Polizeibeamter ihn zum Ausgang führt, ruft er pausenlos: »Ich bin Papa Tod! Ich bin Papa Tod!«

Dicke graue Wolken lassen es dämmern, als Rita Werner aus dem Geschäft kommt. In einer Papiertüte hat sie Milch, eine Packung Kekse und ein Glas Zitronenmarmelade für morgen früh. Sie überquert die Bismarckstraße und biegt rechts in die Knielohstraße ein. Der dunkle Himmel taucht die Mauern und Dächer in ein schweres Licht, kündigt Wind an und Unwetter. In Höhe der Metzgerei Ludwig stoppt ein Pkw neben ihr.

»Hallo, Rita«, grüßt sie ein Mann durchs Seitenfenster.

Sie ist unsicher, zweifelt. Kennt sie den Herrn? »Ach, du bist das. Guten Abend! Gibt's dich auch noch? Was treibt dich in meine Gegend? Alles klar zu Hause?«

»Bestens, danke. Komm, ich bring dich heim.«

»Das ist doch nicht nötig. Ist nur ein Sprung, keine fünf Minuten.«

»Hier am Park muss man besonders vorsichtig sein. Du hast doch gewiss von der Toten am Kemmlerturm gelesen. Und es ist ziemlich duster. Könnte gleich Gewitter geben.«

»Also gut«, entscheidet Rita Werner.

»Moment, ich lege eine Decke auf die Kisten. Für die kurze Strecke wird es gehen.«

Frau Werner steigt zu. »Ich war bis jetzt nie in so einem Auto unterwegs.«

»Siehst du, da kann ich dir sogar noch was bieten.«

Die Grünanlage vor den Kleingärten ist rasch passiert. Im Sommer genießt sie dort den Schatten und entflieht der Hitze ihrer Wohnung.

Sie registriert die einzelnen Querstraßen und wird stutzig. »Nun bist du aber vorbeikutschiert, junger Mann. Nummer zweiunddreißig«, lacht sie. »Erinnerst du dich?«

Doch der Kavalier reagiert nicht. Er blickt starr geradeaus.

»Das mit dem kleinen Finger, Chef, das war ausgekocht! Da ist der glatt drauf reingefallen.«

Muller grinst. »Sind doch immer irgendwelche Wunderlinge dabei, die die Tat gestehen.«

»Wegen Behinderung der Polizeiarbeit hätten wir ihn drangekriegt oder wenigstens wegen Belästigung der Allgemeinheit«, weiß Brans.

»Sicher. Aber wozu?« Muller schiebt freudlos einen Aktenberg von der linken Seite seines Schreibtischs auf die rechte. »Heiko Schwarz möchte sich exponieren, Furore machen vor aller Welt. Würde gern über sich in der Zeitung lesen.«

»Muss es denn für eine Schlagzeile gleich vorsätzlicher Mehrfachmord sein?«

»Mein lieber Brans, je schlimmer, umso größer das öffentliche Interesse. In den Dreißigern gab es gut zweihundert Leute, die sich als Entführer des Lindbergh-Babys geoutet haben.«

»Da sind wir ja noch fein raus«, bemerkt Brans. »Nicht auszudenken, wie lange wir bräuchten, zweihundert Simulanten auffliegen zu lassen. Ist ja nicht so, dass man es ihnen gleich ansieht. Auch ein *Spreißl* ist manchmal ein Ripper. Der Frauenmörder von St. Pauli, Fritz Honka, der seine Geheimnisse unter dem Dach versteckt hat, war beileibe kein Adonis.«

»Diese Schauspieler zu entlarven, ist im Übrigen eine diffizile Geschichte. Da sind Geschick und Zartgefühl von Nöten. Erinnerungen sind manipulierbar. Suggestivfragen können dazu führen, dass der Geständige am Ende felsenfest überzeugt ist, der Schurke zu sein. Eine heikle Angelegenheit.«

Es klopft.

»Herein, wenn's kein Schwarz ist!«, ruft Muller und Brans lacht.

Jabot, der Zauberkünstler, betritt den Raum und nickt zum Gruß. »Wer war denn das?«, wundert er sich und zeigt Richtung Flur.

»Das war Papa Tod. Jedenfalls einer, der am liebsten als solcher verhaftet worden wäre. Ich freue mich, Sie zu sehen. Was haben Sie für uns? Kommen Sie, setzen Sie sich«, fordert ihn Muller auf.

Emma löst sich von Mullers Seite und geht zwei Schritte auf Jabot zu. Dann fängt sie an zu knurren.

»Was hat denn der Hund? Ist das Ihrer?«

»Emma, es ist gut, hierher«, ruft Muller und die Hündin legt sich gehorsam zu seinen Füßen.

»Emma. Hübscher Name.«

»Also, was führt Sie her?« Muller hat keine Lust auf eine Plauderei in Sachen Hundenamen.

»Die Kollegen aus der Umgebung, da hat sich doch bissel was summiert. Trotzdem – ohne Gewähr auf Vollständigkeit.« Jabot reicht Muller eine mehrzeilige Aufstellung. »Die Sammlung ist länger, als ich dachte, auch ein paar aus vergangener Zeit. Die meisten sind allerdings mit Taschenspielertricks und Straßenzauberei auf Tour und werden zu Kindergeburtstagen oder Stadtfesten eingeladen. Große Illusionen kosten eben Geld.«

»Spielt keine Rolle. Das ist genau das, was wir benötigen. Sie haben uns sehr geholfen, Jabot.«

»Herr Kommissar, die Übersicht brauchen Sie doch, um diesen Papa Tod zu finden, oder?«

»Ja. Tut mir leid, ich musste das aus taktischen Gründen zurückhalten.«

»Sie glauben also, der Mörder steht hier auf meiner Liste?«

Ringsum Nacht. Totenstille. Nur Tropfen hallen ins Nichts. Plong. Plong.

Vor ihren Augen formen sich Haufen aus schwarzen Käfern in der Finsternis. Sie sitzt auf einem Schemel und füllt ihre Lungen mit der feuchten Luft, bis sie zu platzen drohen. Aus Furcht zu stürzen, wagt sie nicht, umherzugehen. Sie will keinen Knochenbruch riskieren. Plong.

Was konnte bloß in den Jungen gefahren sein? Er hat böse geschaut, kein Wort gesprochen, ihre Fragen nicht beantwortet. Noch vermutet sie einen Streich, einen Schabernack. Nie ist sie eine Spielverderberin gewesen. Aber mittlerweile treibt er es auf die Spitze. Sie ruft seinen Namen. Die Laute haben ein Echo wie in tiefen Kellern. Plong.

Allmählich entscheidet sie, ihr Umfeld doch zu ertasten. Langsam richtet sie sich auf und streckt ihre Arme aus. Zuerst beugt sie die Knie und befühlt den Boden. Erde mit Steinen durchsetzt. Einer Eingebung folgend, greift sie sich den Hocker und hält ihn in Laufrichtung wie ein Schild. Nach einigen kurzen Schritten stoßen die Beine des Schemels auf etwas Festes. Sie löst eine Hand vom Sitz und tastet nach vorn, in die dunkle Masse der Käfer. Ihre Fingerkuppen berühren eine feuchte Fläche, uneben, kalt und steinig. Felsen. Plong. Ein unterirdischer Kerker?

Nachdem Muller den Magier verabschiedet hat, befasst er sich mit der Liste. Nirgends eine Stelle, wo auf Anhieb der Groschen fiele. Und doch ist da ein Gespür, das ihm verrät, etwas entgeht ihm. Er liest es, schwarz auf weiß, und realisiert es nicht. So wie bei dem Zeichen aus roter Tinte, das der Mörder hinterlassen hat. Es scheint ihm vertraut. Denk nach, sagt er sich. Zwei Kreise, der kleinere im größeren. Außerhalb des oberen Halbkreises vier Punkte oder Kugeln – woher kennst du das bloß? Wo ist dir das schon begegnet?

»Müssen wir die alle kontrollieren?«, stöhnt Brans.

»Ich fürchte, daran führt kein Weg vorbei.«

»Am besten schreiben Sie gleich diesen Jabot mit drauf, Chef. Denn letzten Endes zählt er auch dazu.«

»Da haben Sie recht.« Muller nimmt einen Bleistift. »Wo haben Sie den eigentlich aufgegabelt?«

»Ein Inserat im *Vogtland-Anzeiger*. Hat Werbung gemacht für seine Show.«

»Haben wir seinen bürgerlichen Namen?«

»Heißt Kai Wichmann.«

»Wichmann?«, stutzt er. »Wichmann, na klar, die Bäckerei Wichmann, der Ort, wo Niklas Fischer Julia Schneider abgesetzt hat.«

»Ob es da einen Zusammenhang gibt?«

»Kriegen Sie's raus.« Muller haut in die Tasten seines Computers. »Na also! Die Bäckerei ist morgens ab fünf Uhr geöffnet.«

»Das können Sie nicht machen, Chef! Karola wird toben.« Brans spielt den Empörten und grinst. »Vielleicht leiste ich mir mal einen Pfannkuchen mit viel Zucker und Gelee.«

»Unnor Gung hot scho immr en aangen Nischl kabbt.« Frau Wichmann stürzt warme Semmeln in die Brötchenschütte. Die Glasscheibe zum Kundenraum beschlägt. Duft nach frischem Gebäck erfüllt den Laden. »Arbett als Bäck is halt ne tichtsche Mieh«, erklärt sie.

Bernhard Brans mag diesen Dialekt mit seinen fränkischen Wurzeln – das Vogtländische, wo die *Hasen Hosen und die Hosen Husen hasen.*

Ein Mann betritt das Geschäft. »Zehn Vollkornbrötchen und ein halbes Malfabrot, bitte«, bestellt er.

»De friee Aufstieh, da kimmt mer fix an sei Grenzen. Sammln un Brut, vier achtsch, bitte.« Frau Wichmann reicht zwei Tüten über den Ladentisch und gibt das Wechselgeld heraus.

»Besucht Sie Ihr Sohn oft?«, fragt Brans. Die Tür fällt hinter dem Kunden ins Schloss.

»Moal senne mir ne gar net, ner mol Sunndisch. Itze iser oftemoll do.«

»Freundin?«

»Dr hats net so mit de Weibsen.« Frau Wichmann füllt einen Korb mit Hörnchen vom Blech.

»Hat er da mal einen Freund vorgestellt?«

»Nu freilich. Su e Fabian war des. Freindlicher Gung. Obr se sei nimmer zamm. Is scho lang her.«

»Und seine Arbeit, läuft die gut?«

»Ha, hot schiene Arbett, eweng in Plaue, obr vor allm in de altn Länder.«

»Und was macht er da so? Hat er einen Lieblingstrick?«

»Er mooch de gruußen Illusionen. Baut an so aaner Kist.«

Der Kommissar horcht auf. »Was ist denn das für ein Gerät?«, erkundigt er sich.

»Genau wess iech des aa net, obr er socht *Twister* drzu. Dr Hols vonner Fraa werd zu ner Schraum verdreht.«

Brans schluckt.

»Er sucht nuch ne Hilfe. Obr wenn Se miech freeng, wos mor liebr is, do muss iech soong, des is sei tanzendes Schnupptichl.«

Bei Nougat Latte sitzen sich Tanie und Muller im Kaffeehaus in der Marktstraße gegenüber, teilen Pancakes mit Banane in Karamellsoße. Sie sprechen nicht viel, genießen die Nähe des anderen. Er hat das Gefühl, sie ewig zu kennen. Früher hat er sich lustig gemacht, wenn Freunde behaupteten, Abwehr sei der Liebe Anfang. Jetzt erlebt er es am eigenen Leib. »Das ist schon unser zweites Essen, Tanie Rentzsch.«

»Nicht schlecht, wenn man in Betracht zieht, wie rundum anstrengend ich bin.« Sie zwinkert ihm zu. »Wie weit seid ihr? Geht es vorwärts mit Papa Tod?«

»Wir nehmen die Magier unter die Lupe, die Jabot notiert hat, der Reihe nach.« Muller hat Skrupel. Im Grunde hätte er Kilian Rentzsch längst mit Böhms Angaben konfrontieren müssen. Schließlich ist der Postbote sicher, der zornige Bursche in Sandra Bergs Küche sei ihr Nachbar gewesen. Es lässt sich nicht leugnen oder schönreden. Er wünscht sich, dass Kilian weder in die Sache verwickelt noch Papa Tod sei. Er fürchtet seine persönliche Befangenheit.

»Ich werde auch ein bisschen recherchieren. Das interessiert mich. Vielleicht kann ich die Liste ergänzen.«

»Warum nicht? Ich gebe dir eine Kopie von Jabots Übersicht.«

»Hast du noch mal an unseren Lasagneabend gedacht?«, wechselt sie das Thema.

»Ist das dein Ernst? In jeder freien Minute.«

»Bereust du's?«

»Und ob. Ich fürchte, mein Flokati muss in die Reinigung. Solltest du mich wieder besuchen, biete ich nur Trockennahrung an. Kekse, Biskuit, Nüsse.« Er leckt die Gabel ab. »Und zwischendurch kümmert sich meine Bröselexpertin um deine Krümelei. Du siehst, Krisenmanagement ist meine Spezialität.«

»Deine Bröselexpertin?«

»Ach, das hab ich dir ja noch gar nicht erzählt. Die Tote vom Kemmlerturm, Renate Klein, hatte einen Hund. Ich betreue die junge Dame vorläufig.«

Auf dem Weg in seine Diensträume gehen die beiden Hand in Hand eine kleine Runde um den Block. In der Nobelstraße schlendern sie am Vogtlandmuseum vorbei und dem e.o.plauen-Haus mit der Vater-und-Sohn-Skulptur aus den Bildergeschichten von Erich Ohser. Dem Vater mit den buschigen Brauen streichelt Tanie immer über das kahle Haupt, wenn sie vorbeikommt. Wehmütig denkt sie dabei an das tragische Schicksal des Zeichners, das Senior und Junior auseinanderriss.

Mullers Handy klingelt, und der Ton kündigt seinen Kollegen an.

»Sie werden nicht glauben, was wir entdeckt haben, Chef.« Brans macht es spannend.

»Raus mit der Sprache!«

»Steckte als Lesezeichen in einem von Renate Kleins Büchern. Es lag Am Bärenstein im Bad.«

»Um Gottes willen, Brans«, mahnt Muller, »was haben Sie gefunden?«

»Sagte ich das nicht? Jabots Visitenkarte!«

»Ich habe nichts damit zu tun, Herr Kommissar!«

»Wieso hatte Renate Klein dieses schwarze Kärtchen mit der silbernen Schrift? Ihre Visitenkarte.«

»Woher soll ich denn das wissen?«

»Und was wollten Sie von Julia Schneider? Sie sind am Tag ihres Verschwindens mit ihr gesehen worden, vor Ihrem Elternhaus, vor der Bäckerei Wichmann«, schwindelt Brans.

»Keinen blassen Dunst, wann das war. Ich suche eine Assistentin und habe sie mal drauf angesprochen, das ist alles.«

»Eine Assistentin für den Twister?«

»Woher haben Sie das?«

»Wir führen das Verhör, Jabot.«

»Ja, ja, auch für den Twister.«

»Hatten Sie vor, Renate Klein und Julia Schneider sozusagen die Hälse umzudrehen in diesem Twister? Was hat Sie umgestimmt?«

»Mir ist gar nicht klar, wovon Sie reden.«

»Und was hat es mit dem tanzenden Taschentuch auf sich?«

»Das ist einer meiner Tricks. Den habe ich von Harry Blackstone, einem Illusionisten. Der ist vor hundert Jahren aufgetreten.« Kai Wichmann hält die Hände gefaltet und trommelt die Daumen aneinander. »Das Taschentuch eines Zuschauers hüpft und tanzt von allein über die Bühne. Viele bringen das, in verschiedenen Varianten. David Copperfield hat mal was Ähnliches gezeigt.«

»Wo haben Sie den Trick zuletzt aufgeführt? In der Dorfstraße in Meßbach?«

»Das wüsste ich.«

»Hatte Blackstone auch eine Sägenummer?«

»Kann schon sein«, vermutet er.

Brans präsentiert das Matheheft. »Sind Sie das große ›K‹ zwischen den ganzen Herzen in Julias Heft?«

»Bestimmt nicht! Ich mach mir nichts aus Frauen, Herr Kommissar!«

»Woher hatte Renate Klein Ihre Visitenkarte?«, hakt Brans nach.

»Fragen Sie mich was Leichteres! Bei meinen Auftritten lasse ich die Dinger haufenweise liegen. Irgendjemand wird sie ihr gegeben haben.«

»Genau und das waren Sie. Ihre Fingerabdrücke sind an der Karte.«

»Wie gesagt, ich habe sie verteilt.«

»Indem Sie jede Einzelne ausgiebig anfassen?«

Da geht die Tür auf. Muller betritt mit Emma den Raum. Abermals fängt sie zu knurren an und lässt Jabot nicht aus den Augen.

»Was verschweigen Sie?«, löchert Brans.

»Ich verschweige rein gar nichts!«

»Der Hund scheint Sie nicht sonderlich zu mögen. Wie erklären Sie sich das?«, bohrt er.

»Weiß der Geier, was der Köter hat!« Jabot wird laut.

Emma kommentiert diese Laune mit einem deutlicheren Knurren.

»Wir haben uns immer gut vertragen«, beginnt Muller. »Ich muss doch nicht erst den Hund von der Leine lassen, oder?!«

»Machen Sie, was Sie wollen.«

»Lesen Sie ihm seine Rechte vor, Brans.«

»Sie bluffen! Was können Sie schon gegen mich vorbringen?«

»Da täuschen Sie sich gewaltig, Jabot«, droht Muller. »Ihr Beruf, Ihre Visitenkarte plus Fingerabdrücke im Besitz der Toten, Ihr Leugnen, Emmas Verhalten, Ihre Verbindung zu Julia Schneider einschließlich Kai mit großem ›K‹ und der Verdacht, Sie könnten Beweismaterial vernichten. Das ist reichlich. Der Haftrichter wird einen Freudentanz aufführen.«

Jabot senkt den Blick. »Ich habe Frau Klein in der Straßenbahn kennengelernt«, murmelt er. »Sie hatte für Emma keinen Fahrschein. Da habe ich kurzerhand mit meiner Jahreskarte ausgeholfen.«

»Und warum sind Sie damit nicht gleich rausgerückt?«

»Ich wollte da nicht mit reingezogen werden.«

»Wie es aussieht, stecken Sie mittendrin, Herr Wichmann. Was hat sich noch abgespielt?«

»Wir haben uns unterhalten.«

»Wäre es möglich, dass Sie Frau Klein dabei belästigt haben und Emma deshalb so reagiert?«

»Nein, ich hab ihr kein Haar gekrümmt. Belästigt erst recht nicht. Wie schon erwähnt, ich mach mir nichts aus Frauen. Es war stickig in der Bahn und voll, hat ordentlich geschaukelt. Ich kam ins Straucheln, bin Emma auf die Pfote getreten und hab mich bei Frau Klein abgestützt. Das war's.«

»Und wie ging's weiter?«

»Ich habe ihr den Job als Assistentin angeboten. Wir wollten uns treffen und Einzelheiten besprechen.«

»Wann haben Sie sich getroffen?«

»Gleich am Donnerstag noch, ganz spontan. Sie trug dieses auffällige Kleid. Aber es ist nichts passiert, das müssen Sie mir glauben«, bittet er. »Wir haben eine Kleinigkeit gegessen, und ich habe ihr die Termine genannt, wann ich sie in meiner Show brauchen kann. Sie wollte mich besuchen, dann hätten wir die Details einstudiert. Sie war ja praktisch einverstanden.«

»Wo war das?«

»Im *Sitting Bull*, diesem Steakhaus in der Gartenstraße. Sie hatte einen gebackenen Hirtenkäse und ich einen Rösti Burger.«

»Haben Sie Renate Klein nach Hause gebracht?«

»Nein. Wir haben uns noch die Füße vertreten. Nach einer kleinen Runde nahm sie am Dittrichplatz den Bus Richtung Thiergarten.« Seine Stimme holpert. »Die einundzwanzig, wenn ich mich nicht irre. Ich hab mich noch gewundert, weil das ja die entgegengesetzte Route ist. Sie meinte zuvor, sie wohne am Stadtpark.«

»Erinnern Sie sich an die Uhrzeit?«

»So kurz nach siebzehn Uhr muss das gewesen sein.«

»Was haben Sie danach gemacht?«

»Ich hatte eine wichtige Verabredung.«

»Und mit wem?«

»Mit einem Freund. Fabian Keller.«

»Was schätzen Sie, spricht der Knabe die Wahrheit?« Durch die Scheiben beobachtet Brans, wie Jabot das Präsidium als freier Mann verlässt.

»Klingt im Großen und Ganzen plausibel. Leider«, beklagt Muller.

»Und das Date mit seinem Exfreund Fabian?«

»Überprüfen Sie's ruhig, Brans. Aber es beweist eigentlich gar nichts.«

»Okay«, seufzt er und schaut auf die Uhr. »Dann fahre ich jetzt nach Hause. Und das sollten Sie auch tun, Chef.«

»Was meinst du, mein Mädchen«, fragt Muller den Hucosch. »Schluss für heute?«

Emma winselt und wedelt mit dem Schwanz.

»Da hören Sie es, Brans. Ihr Vorschlag ist angenommen.«

»Also dann, bis morgen!«

Nach zehn Minuten Fußweg erreicht Muller seine Altbauwohnung in der Krausenstraße. Er will ein bisschen Ordnung schaffen, ehe Tanie vor ihrem Spätdienst hereinschaut.

In der Küche räumt er das Frühstücksgeschirr in die Spüle und kehrt die Krümel vom Tisch. Mit dem Staubsauger wandert er durch die Zimmer.

Emma macht es sich auf dem Fenstersitz im Erker des Schlafzimmers bequem, mit anständiger Sicht auf ein Stück Bahnhofstraße und das vorabendliche Treiben. Das Mädel hat einen Riecher, wo es gemütlich ist, stellt Muller fest und wechselt den Bürstenkopf.

Eine halbe Stunde später klingelt es.

»Bin ich zu früh, Andy Muller?«

»Du kannst gar nicht zu früh sein, Tanie Rentzsch.« Er drückt sie an sich und inhaliert die Frische ihrer Haut. Während seine Hände über ihren Rücken wandern, schmiegt sie sich an ihn und streichelt seinen Sperlingsbart. Zärtlich gibt sie ihm einen Kuss.

»Ich habe was mitgebracht, für deine Untermieterin.« Aus ihrer Schultertasche zieht sie eine Tüte. »Karotten-Leckerlis in Lebensmittelqualität.« Sie checkt den Aufdruck. »Ohne Getreide, Zucker, Salz, Geschmacks-, Farb- und Konservierungsstoffe«, liest sie. »Was willst du mehr?«

»Perfekt!«

»Wo ist die Bröselexpertin?«

»Hinten, im Schlafgemach. Geh ruhig rein.«

Sie nimmt die Kurve zum Nachtlager und öffnet die Tür. Emma hebt den Kopf und läuft freudig wedelnd auf sie zu. In der Hocke knuddelt Tanie die Hündin liebevoll. Muller schmunzelt über den herzlichen Empfang.

Tanie schaut zu ihm hoch, sieht sonderbar fahl aus. »Das ist Emma.« Ihre Stimme ist belegt.

»Ja, das ist Emma«, bestätigt er.

»Das ist Emma«, wiederholt sie, »der Hund von Fischers.«

»Tach, Chef. Sabinchen Koch wird jubeln. Hund identifiziert in Nullkommanix.«

»Ist er schon drin?«, fragt Muller, die Hand auf der Klinke zum Vernehmungszimmer, und Brans nickt.

Tanies Entdeckung hat eine Lawine ausgelöst. Bettina Renate Fischer, geborene Klein, gelernte Schneiderin. Sie hatte für den Mietvertrag ihren Mädchennamen benutzt. Da sich Klaus Fischer bereits verdächtig gemacht hat, liegt die Vermutung nahe, er ist weitaus tiefer in den Fall verstrickt.

»Wann haben Sie Ihre Frau zum letzten Mal gesehen, Herr Fischer?«

»Als sie weggegangen ist. Vor ein paar Wochen.«

»Haben Sie sie nie besucht?«

»Sie hat versäumt, mir ihre Adresse zu geben.«

»Und sie hat sich in dieser Zeit nie bei Ihnen gemeldet?«

»Nein.«

»Sie wollen mir weismachen, sie hat sich nicht nach ihren Kindern erkundigt?«

»Wenn es so wäre, hat mich zumindest keiner eingeweiht. Die zwei Jungs kochen sowieso ihr eigenes Süppchen.«

»Wo waren Sie am Donnerstagabend, als Ihre Frau verschwand?«

»Keine Ahnung.«

»Denken Sie nach!«

»Donnerstag? Da begleite ich die Jungs normalerweise zum Fußballtraining ins Vogtlandstadion.«

»Uhrzeit?«

»Das geht immer um siebzehn Uhr los. Dauert meistens zwei Stunden. Danach sind wir nach Hause gefahren.«

Brans kommt herein und flüstert Muller ins Ohr. Die beiden verlassen den Raum.

»Niklas Fischer? Hier im Präsidium?«

»Hm. Will eine Aussage machen.«

Nach einer ruhelosen Nacht steigt Tanie unter die Dusche. Ein Schwall kaltes Wasser soll den Kreislauf ankurbeln. Dass es sich bei der Toten vom Kemmlerturm um Bettina Fischer handelt, ist für sie eine schwer verdauliche Tatsache. Sie will nachher am Computer in Sachen Zauberillusionen recherchieren.

»Hast du heute was Spezielles vor?«, fragt sie ihren Bruder auf dem Flur.

»Eventuell später ein Kundengespräch, entscheidet sich noch«, antwortet er.

»Ich will mich im Netz nach Magiern und ihren Illusionen

umgucken. Kannst du Karamelltee mitbringen? Hab ich vergessen. Es ist nur noch ein Rest da.«

»Mal sehen.«

»Du könntest übrigens einen Haarschnitt brauchen«, taxiert sie seinen wirren Schopf und wuschelt mit der Linken durch sein Haar. »Soll ich bei Signor Matteo einen Termin für dich vereinbaren?«

»Nee, danke.«

Kilian lässt sich jedes Wort abkaufen, bemerkt Tanie, sagt aber nichts. Sie schaltet den PC in ihrem schmalen Arbeitszimmer ein, an dessen Ende quer der Schreibtisch steht. Eine Seite des Raumes ist komplett verglast und führt in den Garten hinaus. Die andere besteht aus einem vollgestopften Bücherregal, in das sie längst Übersicht bringen wollte. Sie ist gern hier. Ein kleines Reich extra für sie.

Neben einer Schale Müsli mit frischen Erdbeeren liegt die Kopie von Jabots Liste. Außerdem das geheimnisvolle Zeichen, das die Polizei bei den Leichen sichergestellt hat. Doch zuerst will sie aufs Geratewohl suchen.

Sie tippt die relevanten Begriffe in die Suchmaschine ein. In der Plauener Umgebung werden die schlichteren Tricks und Illusionen am häufigsten gezeigt. Taschenspielereien, Kartenkunst, Entfesselungen, Mentalmagie, Kaninchen aus dem Zylinder in mannigfachen Spielarten. Rasierklingen verschlucken zählt schon zu den riskantesten Nummern.

Die Materie ist interessant und eng verknüpft mit dem Thema Zirkus. Hier und da liest sich Tanie fest. Kuriositäten, Liliputaner, Riesen, Bartfrauen, Löwenmenschen. Nicola, Selbit, Houdini, Copperfield, der russische Zauberkünstler Kio, Harry Kellar, Siegfried und Roy, Penn und Teller.

Sie gleitet von einer Seite zur nächsten, legt ab und an Zwischenstopps ein, bis das *Grand Guignol* in Paris ihre Aufmerksamkeit fesselt.

»Gegründet um die vorletzte Jahrhundertwende, verlegte sich das zierliche Theater auf Blut und Horror. Abend für Abend regierte dort, in einer einstigen Kapelle, die Angst mit meist zwei spannenden Kriminalstücken. Die dazwischen gespielten Komödien steigerten die Wirkung des Schreckens.

Epidemien, Vergewaltigungen, Morde schockierten durch dargebotene Details. Es wurde geköpft, gesägt, gehäutet, vergiftet, erstochen, verbrannt, verätzt, zersetzt, verfault in allen Facetten menschlichen Sadismus.

Auf knapp fünfzig Quadratmetern warf das *Grand Guignol* seine Besucher in ein Wechselbad der Emotionen. Die Zahl der Ohnmachten im Publikum war ein Maß für den Erfolg. Es musste ein Arzt anwesend sein, dem gelegentlich selbst die Sinne schwanden. Wenn im *Grand Guignol* Blut floss, schwankten die Pariser zwischen Abgestoßen- und Fasziniertsein.

Paula Maxa, eine der Hauptdarstellerinnen, starb über zehntausendmal auf mindestens fünf Dutzend verschiedene Arten. Die provozierende Darbietung stellte für eine erstklassige Illusion höchste Ansprüche an Maske, Requisite und Kulisse. Eigens patentiertes Kunstblut war sogar in der Lage zu gerinnen.

Eine der letzten Filmaufnahmen, bevor sich das Theater des Blutes 1962 auflöste, handelt von einem irren Wissenschaftler, der sein Opfer erwürgt und ihm den Unterarm mit einer Bügelsäge abtrennt.«

5

»Was Ihren Vater betrifft, haben Sie ein Zeugnisverweigerungsrecht«, informiert Muller.

»Ich möchte aussagen«, beharrt Niklas Fischer.

Dem Kommissar entgeht die Aufregung des Jungen nicht. Geweitete Pupillen, zuckende Lider, winzige Schweißperlen auf der Oberlippe. Er scheint zu beben. Fortwährend wischt er die Handflächen an seiner Bondagehose ab. Das harmoniert kaum mit Schnürstiefeln, Lederjacke und Nietenhalsband, denkt Muller. Na ja, immerhin hat er gerade seine Mutter verloren und seinem Vater steht möglicherweise eine Mordanklage bevor.

»Ich habe Ihnen nicht die ganze Wahrheit gesagt, als Julia verschwand«, beginnt er.

»Und was ist die ganze Wahrheit?«

»Mein Vater hatte ein Verhältnis mit ihr.« Der Junge legt den Schnappschuss auf den Tisch. Die geknickten Ecken bezeugen häufiges Betrachten. Der Abzug zeigt Fischer mit der halbnackten Julia in unmissverständlicher Pose. »An jenem Nachmittag haben sie sich getroffen. Es gab Streit. Er hat sie geschlagen.«

»Worüber haben sie gestritten?«

»Keinen Schimmer. Irgendwas hat dem Alten nicht gepasst.« In seinem Gesicht spiegeln sich Abscheu und Verachtung. Seine Stimme wird lauter. »Als er weg war, habe ich sie entdeckt. Alles war voller Blut.« Niklas Fischer macht eine Pause. Trotzig fügt er hinzu: »Sie war tot.«

Bei ihren Nachforschungen stößt Tanie auf eine Seite, die sich *Berliner Archiv* nennt. Sie findet einen Bericht über das *Harlekin*, ein Theater, das es in den fünfziger Jahren in Ostberlin gegeben haben soll. Es widmete sich ebenfalls mörderischen Horrorszenarien. Eine Edith Heim leitete das Theater und begrüßte in verborgenen Logen oft hochrangige Politiker.

»Etwa zur selben Zeit wie sein Vorbild *Grand Guignol* in Paris schloss das *Harlekin* seine Pforten vor allem auf Anraten oberster politischer Stelle. Es hatte sich ein tödlicher Unfall ereignet. Edith Heim heiratete und zog aus Berlin in den Bezirk Karl-Marx-Stadt.«

Tödlicher Unfall? Was kann das gewesen sein, überlegt Tanie. Sie sucht weiter, stöbert aber nur einen kurzen Eintrag auf: »Im Harlekin wurden auch mittelalterliche Foltermethoden inszeniert. Bei einer Probe im Rad des Todes erlitt eine Mitarbeiterin der Show lebensgefährliche Verletzungen. Sie konnte nur mehr tot geborgen werden.«

»Julia Schneider war noch Jungfrau«, geht Muller auf Niklas' Hinweis ein. »Wie passt das zu Ihrer Behauptung, sie habe mit Ihrem Vater ein Verhältnis gehabt?«

»Was die im Einzelnen getrieben haben, ist mir total rille. Scheißegal ist mir das. Will ich auch gar nicht wissen.« Niklas Fischer schnaubt aufsässig. »Mir reicht das Foto und was ich gesehen habe.«

»Wo haben Sie das Foto her?«

»Er hat einen ganzen Stapel davon. Hab's ihm geklaut.«

»Er?«

»Na, mein Erzeuger.«

»Wo war dieses Treffen? Wo genau haben Sie Ihre Mitschülerin gefunden?«

»In der Blockhütte im Burgholz.«

»Was ist das für eine Hütte?«

»Gehört dem Alten. Mein Großvater hat da früher Buschbohnen und Kohlrabi angepflanzt. Dort haben sie sich regelmäßig getroffen.«

»Was haben Sie beobachtet? Was ist mit Julia passiert?«

»Das hab ich doch schon erklärt. Es war überall Blut und Julia mittendrin.«

»Woher wussten Sie, dass sie tot ist?«

»Sie hat sich nicht mehr bewegt. Ihre Augen waren offen und starr.«

»Julia lag also leblos in der Hütte. Was haben Sie dann gemacht?«

»Ich bin weggelaufen.«

Muller macht sich eine Notiz. »Gut, Herr Fischer. Warten Sie bitte erst mal auf dem Flur. Es kümmert sich gleich jemand um Sie.«

Mit gesenktem Kopf verlässt Niklas Fischer den Raum.

»Was halten Sie von der Geschichte, Chef?«

»Schicken Sie die SpuSi ins Burgholz. Sie sollen den Jungen mitnehmen«, erwidert Muller im Hinausgehen. »Ach ja, und klären Sie ab, ob Jabot gelogen hat und Renate Klein unter ihrem richtigen Namen kannte. Schließlich leben seine Eltern in Meßbach.«

»Ich knöpf ihn mir vor.«

»Sie können jetzt ganz offen reden, Herr Fischer. Ihr Sohn hat uns alles gesagt.«

»Mein Sohn? Niklas? Alles gesagt? Was meinen Sie damit?«

»Sie waren befreundet mit Julia Schneider. Intim befreundet.«

»Dafür haben Sie keinerlei Beweise.« Fischer ist verwirrt. Was, wenn Niklas doch was mitgekriegt hat?

Muller legt das Foto auf den Tisch. »Und das große ›K‹ in ihrem Matheheft bedeutet demnach wohl Klaus.«

Fischer fühlt sich in seiner Lügengeschichte versinken wie in einem faulen Sumpf. Die Angst wirft Schatten auf seine Züge. Sie spiegeln Schreck und Betroffenheit. Er steht kurz davor, die Fassung zu verlieren. »Das war doch nur rein freundschaftlich«, stottert er.

»Ich nehme an, Sie haben bei den Hausaufgaben geholfen. Naturkunde.«

»Da ist nicht wirklich was gelaufen, Herr Kommissar.«

»Richtig. Das hat Sie wütend gemacht, stimmt's?«

»Klar war ich verärgert«, gibt er zu. »Aber deshalb richte ich nicht gleich ein Blutbad an.«

»Tatsächlich nicht? Ihr Sohn hat zu Protokoll gegeben, Sie und Julia haben gestritten an dem Tag, an dem sie verschwand.«

»Ein Streit ist doch nichts Besonderes, kommt überall vor.«

»Sie haben sie geschlagen. Male im Gesicht weisen darauf hin.«

»Das ist nicht wahr!«, erbost er sich. »Höchstens ein kleiner Klaps. Mehr war das nicht!«

»Als Sie aus der Hütte rannten, hat Ihr Sohn Julia entdeckt. In einer Blutlache. Tot.«

Fischer starrt durch Muller hindurch, den Mund vor Bestürzung geöffnet. Er wird blass. Ihm wird die Tragweite von Niklas' Aussage bewusst. Wie konnte der Junge so was sagen? Warum macht er das? Wie ist das möglich? Was hat das zu bedeuten? Im Geist geht er das letzte Treffen mit Julia Schritt für Schritt durch. Hat Niklas etwa am Fenster gestanden? Panisch sucht er nach einem Ausweg.

Endlich rafft er sich zu einer Antwort auf. »Ich will einen Anwalt! Das ist mein gutes Recht! Von mir hören Sie kein Wort mehr ohne einen Anwalt.«

»Die Spurensicherung ist in dieser Minute im Burgholz, in Ihrem Blockhaus. Wenn wir nur einen Tropfen Blut finden, kann Ihnen auch ein Anwalt nicht mehr helfen.«

Moment! Bezirk Karl-Marx-Stadt? Wo genau lag das? Tanie stellt anhand einer Karte fest, dass die Grenzen des früheren Bezirks das Plauener Gebiet mit einschlossen. Sie tippt auf gut Glück: »Edith Heim, Plauen, Harlekin«.

Treffer!

»Edith Heim heiratete und zog mit ihrem sechsjährigen Sohn nach Plauen. Ihr Mann hatte einen bescheidenen Wanderzirkus, der ein paar Wagen umfasste und aus dem Edith Heim ein Programm zauberte, das ganzjährig zur Aufführung kam. In dem Gebäude in der Chamissostraße bewies sie gestalterisches Talent und schuf auf begrenztem Raum eine Manege für Artisten, Clowns und Zauberer.«

Tanie geht in die Küche, um sich einen Tee zu holen. Eine Autokolonne zieht vorbei. Polizei. Zwei Streifenwagen stehen vor Klaus Fischers Haus. Vom Wohnzimmerfenster aus sieht sie einige Einsatzfahrzeuge im Burgholz verschwinden.

Es klingelt. Mit einem Band dreht sie ihr Haar zusammen und läuft zur Tür.

»Herr Böhm, hallo«, begrüßt sie den Postboten.

»Ich wollte Ihnen nur die Frischhaltedose zurückbringen.«

»Das ist nett, danke. Hat Ihrer Mutter die Torte geschmeckt?« Im Wirbel der letzten Tage hat sie den angekündigten Anruf bei Frau Böhm verschwitzt.

»Sie war ganz begeistert. Wie in der guten alten Zeit, meinte sie.«

»Da bin ich aber froh. Grüßen Sie sie schön von mir.«

»Das mache ich«, versichert er und blickt sich um. »Was ist denn heute in Meßbach los?«

»Hab ich mich auch gefragt.«

»Na, wir werden es noch früh genug erfahren.« Er wendet sich zum Gartentor.

Obwohl es nur ein Strohhalm ist, hat Tanie eine Idee. »Ach,

Herr Böhm, Sie sind doch ein eingesessener Plauener. Haben Sie da mal was von einem Zirkus in der Chamissostraße gehört?«

Kilian fährt ziellos durch die Stadt. Er hat migräneartige Schmerzen. Hakenmesser ritzen Furchen von Scheitel zu Schläfe.

Bettina Fischer und ihr Kleid verfolgen ihn. Er entsinnt sich einfach nicht, wo er es gesehen hat. Oft scheint es direkt greifbar, er ist ganz dicht dran, glaubt, es in der nächsten Sekunde zu wissen. Unbehagen. Herzklopfen. Doch der Nebel löst sich nicht auf, es bleibt nur ein grauer Fleck.

Du kannst den Fummel gar nicht kennen, sagt er sich, er war funkelnagelneu. Sie hatte ihn kurz vor ihrem Verschwinden fertig genäht. So hat Tanie es erzählt. Wo soll ihm das gute Stück also aufgefallen sein, wenn nicht in der Zeitung?

Diese Aussetzer, diese Gedächtnislücken, beginnen ihm ernsthaft Sorgen zu machen. Ist es schon so schlimm, dass er an sich zweifeln muss? Wird er allmählich verrückt? Verliert er den Verstand?

Plötzlich steht er am Kemmlerberg, nahe der Bismarcksäule. Was hat ihn hierhergeführt? Ist er erst kürzlich in dieser Gegend gewesen?

Kilian Rentzsch verlässt seinen Wagen und geht die wenigen Meter bis zum Turmeingang. Langsam umrundet er das Gebäude, besieht sich den Weg, achtet auf Geräusche. Vogelgezwitscher. Blätterrauschen. Es riecht nach Erde und Sonne. Das ist alles. Kein Flash. Nicht der kleinste Fetzen Erinnerung. Unwahrscheinlich, dass er in letzter Zeit an diesem Ort war. Das würde sich anders anfühlen.

Mit einem Mal herrscht blankes Entsetzen in seinem Kopf. Hält er sich etwa für fähig, einen Mord zu begehen?

»Was haben Sie mit der toten Julia Schneider gemacht?«

»Ich will einen Anwalt!«, pocht Fischer auf seinen Anspruch.

»Ist schon unterwegs. Muss jeden Augenblick hier sein«, sichert ihm Muller zu. »Sind Sie später in die Hütte zurückgekehrt und haben das Mädchen zur Waldbühne gebracht?«

Fischer fühlt sich unfähig zu antworten. Das Empfinden, nicht richtig Luft zu bekommen, steigert sich in eine lähmende Furcht. Er fühlt sich gefangen und hoffnungslos verstrickt in ein Netz aus Schuld und Anklage. Seine Kehle schnürt sich zu, enger und enger.

»Hat Ihre Frau Ihr Verhältnis zu Julia entdeckt?«

Niedergesunken sitzt er da, die Schultern hängen tief. Da ist kein Halt mehr. Nur noch ein auswegloser Teufelskreis. Krampfhaft versucht er, seine klappernden Zähne zusammenzubeißen. Panik zu ersticken befällt ihn.

»Musste sie deswegen sterben? Hat Ihre Frau von dem Mord gewusst und wollte Sie nicht länger decken?«

Er fängt an zu wimmern, schluchzt heftiger, immer lauter. Weinkrämpfe packen seinen Körper und schütteln ihn.

»Herr Fischer?«, spricht Muller ihn an. »Beruhigen Sie sich! Herr Fischer!«

Aber er ist wie versteinert, kauert auf dem Stuhl wie ein erstarrter Klumpen Verzweiflung.

»Brans, wir brauchen einen Arzt.«

»Milch und Zucker?«

»Nur Milch, bitte.«

Tanie schenkt Böhm am Küchentisch Kaffee ein und reicht ihm das Sahnekännchen.

»Den Zirkus in der Chamissostraße hab ich nicht vergessen«, verrät er. »Das war so in den Sechzigern und frühen Siebzigern.«

»Eine Edith Heim aus Berlin war die Leiterin, habe ich gelesen«, ergänzt Tanie.

»Ja, ja, Frau Heim. Die habe ich sogar persönlich gekannt. Hat mich als Junge ab und an umsonst reingelassen. So was prägt sich ein.«

»Wurden da auch Zaubertricks gezeigt?«

»Wie war das noch …«, er runzelt die Stirn. »Ach, ja. Es gab eine Szene mit einem Kaninchen, das bei einem Kind im Publikum auftauchte. Hat mir ziemlich imponiert.«

»Auch was Größeres?«

Böhm überlegt. »Ja, wo Sie es ansprechen, jetzt weiß ich es wieder, die hatten auf jeden Fall so eine Truhe, die sich in zwei Teile zersägen ließ.«

»Die zersägte Jungfrau bestimmt«, hilft Tanie weiter.

»Richtig! Sie sind im Bilde«, freut sich Böhm. »Und dann war da noch was mit vielen Eisenspitzen. So ein lebensgroßer Schrank.« Er versucht, seine Gedanken aufzufrischen. »Aber besonders beeindruckt hat mich die Feuernummer.«

»Die Feuernummer? Wie ist das abgelaufen?«

»Eine Frau wurde von einem Zylinder aus Tüchern verhüllt. Und der Magier setzte den Zylinder in Brand.«

»Sehr interessant. Das muss zweifellos eine Sensation gewesen sein.«

Er stimmt lächelnd zu.

»Was ist aus dem Zirkus geworden?«

»Edith Heim ist eines Tages aus dem Bühnenturm gestürzt, soviel ich gehört habe.«

»Wie ist das passiert?«

»Keine Ahnung. Beim Proben nehme ich an.«

»Und dann?«

»Sie konnte den Betrieb nicht weiterführen und der Zirkus war gezwungen zu schließen.«

»Und der Ehemann? Konnte der nicht einspringen?«

»Der habe weder Geschick fürs Geschäft noch für die Kunststücke und die Artisten, hat man gemunkelt.«

»Da war auch von einem Sohn die Rede. Aber der war wahrscheinlich zu klein.«

»Na ja, ein Teenager war er zu dieser Zeit. Kannte den aus der Schule. Ein komischer Kauz, wenn Sie mich fragen.«

»Ach ja, warum denn?«

»Der ist überall rumgeschlichen, wuchs unerwartet aus dem Boden. Und hat immer so seltsam geguckt.« Böhm nippt an seinem Kaffee. »Er soll den Hund des Schuldirektors geköpft haben.«

»Meine Güte, wie furchtbar!« Tanie ist erschüttert.

»Das können Sie laut sagen. Es ist zwar nie bewiesen worden. Doch alle haben geglaubt, dieser Sonderling hat den Vierbeiner auf dem Gewissen.«

»Was mag ihn dazu getrieben haben?«

»Da kann man nur spekulieren, Frau Rentzsch. Jedenfalls war seine Mutter eine fiese und gemeine Person.«

»Wie kommen Sie darauf?«

»Das war nicht zu übersehen. Zu anderen Kindern war sie freundlich. Ihren Sohn hat sie mit Vorliebe vor allen Leuten gedemütigt. Mobbing nennt sich das auf Neudeutsch.«

»Haben Sie da selbst was mitgekriegt?«

»Allerdings. Sie hat das ganz öffentlich gemacht. Keine Gelegenheit ausgelassen, ihn zu verspotten, zu imitieren, nachzuäffen, seinen Gang, seinen Tonfall.« Er rührt in der Tasse. »›Schaut doch, wie der Tölpel daherlatscht‹ , rief sie und dann stellte sie ihm ein Bein.«

»Das muss die Hölle gewesen sein für den Zirkusspross«, schätzt Tanie und sieht zerknirscht aus.

»Da gab es diese 3-D-Betrachter für Dias. Stereomat hießen die. Ich habe miterlebt, wie sie ihm seinen Apparat absichtlich zertreten hat. Vor meinen Augen!«

»Unfassbar«, sinniert Tanie. »Was geht bloß in einem Menschen vor, ein Kind in dieser Weise zu erniedrigen und zu entwürdigen? Sie haben mir sehr geholfen, Herr Böhm, vielen Dank!«

Er ist im Begriff aufzustehen.

»Behalten Sie doch Platz und trinken Sie ruhig Ihren Kaffee aus, wenn Sie noch Zeit haben«, bittet Tanie. Das Handy in ihrem Arbeitszimmer läutet. »Lassen Sie sich nicht stören. Ich bin gleich zurück.« Sie läuft hinüber und nimmt das Telefon vom Schreibtisch.

»Wollte mal deine Stimme hören«, brummt Muller in ihr Ohr.

»Was ist denn eigentlich los?«, spricht sie die Einsatzwagen vor Fischers Haus und im Burgholz an.

»Wir haben Fischer in der Mangel und nach Jabot läuft die Fahndung.«

»Nach Jabot?«

»Ja, ist anscheinend untergetaucht, erzähl ich dir später«, vertröstet er. »Kannst du mir schnell was Liebes sagen?«

»Was Liebes? Hm. Wie wär's mit: Ich denk an dich. Ist das lieb genug?«

»Geht es einen Hauch romantischer?«

»Du willst ein abgedroschenes Kompliment von mir?«

»Das entscheidest du.«

»Na ja, Andy Muller, ähm …« Tanies Blick hängt exakt in der Bildschirmzeile.

»Boah! *Schie gsoocht*! Das macht dir keiner nach. Die Krönung des Tages«, schäumt er. »Genau das, was ich jetzt gebraucht habe.«

»Tut mir leid, ich habe hier gerade …«

Da knackt es in der Leitung. Er hat aufgelegt.

Sie wählt seine Nummer, aber es ist besetzt. »András, du Schaf! Hast mich wohl sofort auf die Blacklist gesetzt, du Mimose«, mault sie und liest weiter. »Der Zirkus avancierte zum Geheimtipp in Plauen und Umgebung. Bekannt wurde er unter dem Namen von Edith Heims Ehemann, der indes auch den kleinen Diede adoptiert hatte.«

Tanie starrt auf den Screen und schluckt. Neben dem Foto einer Festlichkeit mit Grill und Lagerfeuer am Kemmlerturm ist die Zirkuschefin vor der Fassade des Gebäudes abgebildet, darunter liest sie: »Der tragische Unfall Edith Heims ist das Aus für *Zirkus* …«

»Ich muss wieder in die Spur, Frau Rentzsch. Vielen Dank für den Kaffee.« Böhm ist hinter ihr ins Zimmer getreten, um sich zu verabschieden.

Blitzartig dämmert es ihr. Glasklar sieht sie alles vor sich. Die Verbindung zwischen den Opfern, die Todesarten, die Fundorte, das Tintenzeichen. Die Erkenntnis überflutet sie, wie ein Schwall kochendes Wasser.

»Der ganze Wald wird umgekrempelt«, bestimmt Muller und schickt einen Suchtrupp plus Hundestaffel los. Er steht vor dem Blockhaus im Burgholz. Die Spurensicherung arbeitet in Hütte, Schuppen und Hof.

Hätte er eben bei Tanie vorbeischauen sollen? Ist extrem dumm gelaufen am Telefon. Es hat einfach ausgesetzt. Eine Wolke aus Verlassensein packte ihn, ein Brausen in den Ohren und klick. Er seufzt. Für einen Besuch war die Zeit zu knapp, die Kollegen warteten. Und das Postauto stand vor ihrem Tor.

»Haben wir was?«, fragt er.

»Sieht aus, als hat erst kürzlich jemand gründlich saubergemacht«, berichtet ein Kriminaltechniker. »Aber nicht gründlich genug.« Er führt Muller in die Hütte. Mit einer Tatortleuchte weist er auf diverse fluoreszierende Spuren hin.

»Blut?«

»Genau. Und auf dem Sofa vermutlich Sperma. Das müssen wir natürlich erst auswerten.«

»Wie viel Blut ist es denn?«

Der Kriminaltechniker zeigt Muller auf dem Holzfußboden eine Fläche von der Größe einer Motorhaube.

Das könnte reichen, überlegt er. Doch sein Bauchgefühl spricht eine andere Sprache. Es passt zwar einiges zusammen, dennoch gähnen Lücken in der Geschichte.

»Ich will wissen, ob das Blut von Julia Schneider ist. Schnellstens! Und die Spermaspuren sind mit der DNA von Klaus Fischer abzugleichen.«

Von draußen dringen Rufe in die Hütte. Muller geht hinaus zu einer Gruppe Polizisten.

»Schauen Sie sich das an, Herr Muller.«

Er zwängt sich durchs Gestrüpp. Zweige brechen. Zapfen rutschen unter seinen Sohlen weg. Nadeln und Holzreste knistern.

»Liegt hier ziemlich versteckt.« Eine bemooste Tür von Pflanzen umwachsen. »Es ist einer dieser alten Munitionsbunker.«

»Tanie? Tanie!« Es ist später Nachmittag. Kilian hat seinen Ausflug beendet. Er stellt den Karamelltee auf die Anrichte in der Küche. Ein leerer Becher steht auf dem Tisch. Die hellbraune Neige belegt den Milchkaffee. Da Tanie nur Tee trinkt, deutet das auf Besuch.

»Tanie?« Ob sie früher zur Arbeit aufgebrochen ist? Vielleicht musste sie was erledigen oder ist bei diesem Muller, denkt er säuerlich.

Er späht in ihre Zimmer. Niemand. Der Computer ist vom Netz getrennt. Der Stecker ruht auf dem wollweißen Berber. Gewiss wieder ein hartnäckiges Softwareproblem, schätzt er. Zwei Bücher verdecken die einsamen Rhomben in einer Teppichecke. Es ist höchste Eisenbahn, dass Tanie im Regal aufräumt und Platz schafft. Die Schmöker desertieren bereits wegen schlechter Haltungsbedingungen. Er stopft die Bände irgendwo dazwischen. Als er sich umdreht, um hinauszugehen, sieht er ihr Handy auf dem Schreibtisch. Eigenartig, wann hat Tanie das je zu Hause gelassen? Nie!

Kilian kontrolliert die Tafel neben der Küchentür, wo sie sich kurze Nachrichten notieren. Außer Kartoffeln und Gurken für den Einkaufszettel ist nichts vermerkt. Total flippig, seit sie in diesen Typen verliebt ist, befindet er. Macht sich einfach aus dem Staub, ohne Bescheid zu geben.

In seinem Studio widmet er sich einem Käselaib. Es gelingen ihm appetitliche Löcher, die den Emmentaler zu einem verführerischen Stückchen Milch machen. Mit der Zeit bekommt er sogar Lust auf frisches Bauernbrot mit Erzgebirgskäse, den Tanie immer kauft. Schließlich geht er die beiden Etagen hinunter und öffnet den Kühlschrank.

Gedankenversunken platziert er Butter, Käse und Brot auf einem Tablett. Erstaunlich, wie konzentriert er heute bei der Arbeit ist. Er schaut auf die Uhr. Um ein Haar wären ihm die Sachen aus der Hand gerutscht. Mitternacht durch! Tatsächlich, draußen ist es stockdunkel! Wieso ist ihm der Einbruch der Nacht entgangen? Kann er sich derart intensiv beschäftigen und alles um sich herum vergessen? Tanie muss längst im *Sigma* sein. Er sollte schleunigst dort anrufen.

»*Sigma Palasthotel*, guten Abend. Sie sprechen mit Melanie Gerber.«

»Kilian Rentzsch, hallo Melanie. Ist meine Schwester gerade entbehrlich? Ich will ihr nur schnell sagen, ihr Smartphone liegt hier. Sie hat es nicht verloren.«

»Hallo Kilian! Gerade wollte ich eure Nummer wählen, weil ich Tanie auf dem Handy nicht erreiche. Wir warten schon eine Weile auf sie. Sie ist bisher nicht erschienen.«

Muller lümmelt in der Sofaecke. Nur die Straßenlaternen beleuchten das Lowboard und einen Teil des Bücherregals. Emma liegt neben ihm, mit dem Kopf auf seinem Schoß. Regelmäßige Atemzüge und bisweilen ein Zucken der Beine signalisieren einen Traum.

Tanie hat mich versetzt, brütet er vor sich hin. Wenn es zeitlich klappt, schaut sie vor ihrem Dienst bei ihm vorbei, hat sie versprochen. Doch er hat umsonst gewartet. Sicher nimmt sie ihm seinen Abgang am Telefon übel. Der war ja auch idiotisch. Wäre es umgekehrt, würde er auch nirgendwo auf einen Sprung hereinschauen.

Natürlich nicht! Stur, wie er ist, würde er den Beleidigten spielen, womöglich jegliche Verbindung kappen und aus seinem Adressbuch streichen. Mit schwarzem Filzstift, damit im Gegenlicht nichts zu entziffern wäre. Notfalls würde er die Seite herausreißen. Es ist ein offenes Geheimnis, von Frauen fühlt er sich permanent auf den Schlips getreten und untersucht seine Krawatte akribisch auf Fußspuren. Aber so ist Tanie nicht, kein solcher *Dunsl* wie er. *Eweng dumm* ist ja ganz schön, aber *e su bleed* ist eindeutig zu viel.

»Wir beide haben keine Schwierigkeiten miteinander, stimmt's, mein Mädchen?«

Emma guckt ihn verschlafen an, gähnt und klopft kurz mit dem Schwanz aufs Sofakissen.

Um ehrlich zu sein, ist es allein sein Problem. Seit dem finalen Gespräch mit Dela ist er in Habachtstellung. Wacht über jedes Wort, jede Silbe, jede Betonung aus weiblichem Mund. Insbesondere relaxtes Plaudern an der Strippe hält er für ein Gerücht. Nach dem Kieler Milchattentat wurden die Telefonate so selten wie ein Blue Moon. Irgendwann ertönte »It might be you« zum letzten Mal und ihre Stimme, die sich früher an sein Ohr geschmiegt hatte, klang fremd und kalt. »Ich werde heiraten.«

Yep – mich, hätte er fast geantwortet. Doch in ihrem Ton schwangen Bedauern und Verlegenheit. Er hat aufgelegt, mitten in ihren stammelnden Erklärungen, und sich nie wieder gemeldet.

»Hältst du mich auch für ein Sensibelchen?«

Noch ein Klopfen.

»Du hast recht. Ich sollte sie anrufen.« Es ist nicht ihre Art, einfach wegzubleiben, ohne sich zu melden, grübelt er. Hoffentlich ist alles in Ordnung.

Rita Werner zuckt zusammen. Ein Quietschen, ein metallisches Schleifen, als würde ein schweres Tor aufgeschoben. Wie lange ist sie schon hier? Stunden, Tage? Welche Zeit wird es sein? Sie trägt selten eine Uhr. Das Zugband schneidet unangenehm in die zugelegten Pfunde. Plong.

Eine Lampe flackert und schaltet sich ein. Blinzelnd sieht sie die Umgebung, in der sie verharren muss. Die felsigen, höhlenartigen Wände. Den Boden, der einst gepflastert war, doch inzwischen nur noch vereinzelt von Steinen durchzogen ist.

»Diede!«, ruft sie.

Der Mann schleppt ein sperriges Bündel herein und wirft es unsanft auf die Erde. Auf den zweiten Blick begreift Rita Werner. Bei dem Paket handelt es sich um einen Menschen, um eine Frau. Ihre Haare sind zerzaust. Sie rührt sich nicht.

»Diede! Was tust du denn? Weiß Edith, was du hier treibst? Lass mich raus! Und zwar dalli!« Sie richtet sich auf und läuft auf ihn zu.

Mit einem Schlag auf die Wange bringt er sie zu Fall. Jetzt ist der Punkt erreicht, an dem die Tatsachen Rita Werner einholen. Sie fängt an zu weinen, ist nicht in der Lage, die Tränen zu bremsen.

»Hier ist zu trinken«, sagt er und stellt einen Zinkeimer

mit Wasser an die Felsmauer. Das Licht geht aus und eine Tür schlägt zu.

Sie kriecht auf allen vieren zu dem Ort, wo sie die Frau vermutet. Haare. Da sind Haare! Sie hat sie gefunden. Plong.

»Hallo?« Sie nähert sich dem Gesicht auf wenige Zentimeter. »Hören Sie mich?« Doch sie kann keinen Atem ausmachen. Schwäche bemächtigt sich der alten Dame. Ein Grauen packt sie, saugt ihr das Blut aus dem Körper. Die Frau ist tot.

Kilian hat sich gerade von Melanie verabschiedet, als Tanies Handy in ihrem Büro eindeutige Signale sendet. Brummig registriert er den Klingelton. Falcos »Kommissar«.

»Ja?«

»Tanie?«, schallt es in sein Ohr.

»Nein, hier ist Kilian«, gibt er sich zu erkennen. »Ich habe keine Idee, wo sie steckt.« Er erzählt Muller die ganze Geschichte, von ihren morgendlichen Rechercheplänen bis zum leeren Kaffeebecher. Seinen Abstecher zum Kemmlerturm lässt er aus.

»Sie wollte mich vor ihrer Schicht noch besuchen.« Muller wirkt höchst besorgt.

»Seltsam ist das. Sieht ihr gar nicht ähnlich«, besiegelt Kilian die Bedenken des Kriminalers.

»Was ist mit ihrem Auto?«

»Das wollte ich eben checken.«

»Unter Umständen hat der Postbote, dieser Böhm, einen Tipp für uns. Er war am Vormittag bei Tanie, hat wahrscheinlich was ausgeliefert. Sein Wagen stand vorm Haus.«

»Und wie erreichen wir den?«

»Ich sehe nach, wo er wohnt. Ist allerdings schon reichlich spät für eine Zeugenbefragung. Weit nach Mitternacht«, wendet Muller ein. »Aber was soll's. In der Rettungsstelle des Krankenhauses erkundige ich mich sicherheitshalber auch.« Er macht eine Pause. »Wenn Sie nichts dagegen haben, komme ich trotz fortgeschrittener Stunde zu Ihnen. Zusammen finden wir am ehesten einen Hinweis.«

Muller blättert im örtlichen Telefonbuch. Ein Dietrich Böhm ist in der Chamissostraße verzeichnet. Er ist kurz im Zwiespalt, doch dann wählt er die Nummer. Es ist eine Notlage.

Nach endlosem Klingeln meldet sich eine Männerstimme.

»Herr Böhm? Entschuldigen Sie die späte Störung. Hier spricht András Muller von der Kripo.« Er räuspert sich. »Wir vermissen Frau Rentzsch aus Meßbach. Sie waren heute bei ihr.«

»Guten Abend, Herr Muller. Frau Rentzsch lud mich auf eine Tasse Kaffee ein. Wir saßen in der Küche.« Dietrich Böhm ist freundlich und hilfsbereit.

»Wissen Sie vielleicht, wo sie abgeblieben ist? Hat sie Ihnen gegenüber erwähnt, wo sie hinwollte?«

»Als ich aufbrach, redete sie vom Kemmlerturm und von ihrem Fahrrad. Aber wirklich verstanden habe ich das nicht. Mehr kann ich Ihnen nicht sagen.«

Kemmlerturm. Mit dem Fahrrad. Was wollte sie dort? Etwas nachprüfen, auf das sie gestoßen war? Völlig verrückt ist das. Spielt Sherlock Holmes. Viel zu gefährlich! Warum hatte er ihr bloß die Liste mit den Magiern gegeben und ihr das Nachforschen erlaubt?

Auf der Strecke zu Kilian macht er einen Umweg und fährt direkt den Pfad zur Bismarcksäule hoch. Er blendet die Scheinwerfer auf und taucht den Turm in einen geisterhaften Schleier. Die Granitsteine starren blass und streng, aus ihrer Nachtruhe gerissen. Etwas lehnt am Sockel. Ist das nicht ein Rad?

Emma verschwindet hinter dem bemalten Stromhäuschen, das Ohsers *Vater und Sohn* bei einem Ausflug zeigt, und Muller nimmt seine Taschenlampe aus dem Kofferraum.

Es ist ein Damenrad mit Drehgriffschaltung und Stahlrahmen.

Ein Knacksen hinter ihm. »Tanie?« Er lenkt den Strahl auf die Bäume und Sträucher. Zweige bewegen sich, lassen die Blätter beben. Emma trabt aus dem Gebüsch und schüttelt sich.

»Du hast auch nichts entdeckt, was, Mädchen?« Muller holt sein Handy aus der Hosentasche und wählt die Festnetznummer der Rentzschs.

»Der Mini steht in der Garage«, verkündet Kilian sofort. »Aber ihr Fahrrad ist weg.«

»Ein weinrotes Mountainbike mit zwei Rückspiegeln? Und Weitwinkel?«

Kilian bestätigt das.

»Dann«, kombiniert der Kriminalbeamte, »ist sie doch hierhergeradelt. Ich ordere eine Hundestaffel und bin dann gleich bei Ihnen. Rühren Sie sich nicht von der Stelle.«

Rita Werner ist zu dem Eimer gekrochen, um ihren Seidenschal zu tränken. Plong. Mit dem feuchten Lappen wischt sie jetzt über Stirn und Wangen der Frau. Nach einer Weile regt sie sich. Plong.

»Wo bin ich hier?«, wispert sie.

»Wir sind in einer unterirdischen Höhle. Ich bin Rita Werner.«

»Und ich bin Thadine Rentzsch.« Sie braucht einen Moment, um die Dinge auf die Reihe zu kriegen. Eben saß sie noch am Schreibtisch. András war gekränkt. Er hatte das Telefongespräch mitten im Satz beendet, und sie las in einem Bericht über diesen Zirkus.

»Der tragische Unfall Edith Heims ist das Aus für *Zirkus Böhm.*«

Richtig, da stand tatsächlich »Böhm«. Auf einem Foto des Eingangs zeigte der Schriftzug den Buchstaben »O« in Form zweier Kreise – der kleinere im größeren – und vier ausgemalter Punkte am oberen Rand des Außenkreises. Eindeutig das Zeichen in roter Tinte! Sie weiß noch, dass in dieser Sekunde der Briefträger in ihr Zimmer trat. Herr Böhm, der nette Postbote. Ab da hat sie einen Filmriss.

»Wie sind Sie hierhergekommen, Frau Werner?«

»Diede hat mich hergebracht. Verschleppt, sollte es wohl besser heißen.«

»Diede?«

»Diede, der Sohn meiner alten Freundin Edith. Dietrich Böhm.«

»Ist das die Tasse?«

Kilian nickt. »Sie trinkt keinen Kaffee.«

In der Küche in Meßbach tütet Muller prophylaktisch den Becher ein. Emma schnuppert interessiert.

»Kriegen Sie zurück«, verspricht er.

Die drei gehen in Tanies Arbeitszimmer.

»Haben Sie hier was verändert?«

»Nur zwei Bücher aufgehoben. Die lagen auf dem Boden.« Kilian zeigt Muller die Bände. Den Roman *Salz und Schokolade* und die Non-Fiction *Detektiv in Uniform. Geschichte der deutschen Kriminalpolizei*, die ladenfrisch riecht.

Muller drückt den Stecker in die Buchse und fährt den PC hoch. Er lässt sich auf den Bürosessel nieder, Emma setzt sich neben ihn und verfolgt jeden Griff. Geschickt kontrolliert er die Dateien, die Tanie zuletzt abgespeichert hat. Keine Einträge. Im Browser sucht er die Chronik. Sie ist leer. Ebenso der Zwischenspeicher und die Liste der geschlossenen Tabs.

»Fehlanzeige. Alles gelöscht«, grollt Muller. »Da muss ein Techniker vom Präsidium ran. Das klappt wohl nur noch mit Systemwiederherstellung. Da lass ich lieber die Finger davon.«

»Und nun?«

»Ich schicke gleich früh jemanden her. Jetzt ist keiner mehr erreichbar. Ist das in Ordnung?«

»Das ist okay. Ich bin da. Und sonst?«

»Für alle Fälle habe ich der Streife vorhin schon Tanies Beschreibung durchgegeben. Hab nicht viel erklärt, nur eine dringende Fahndung rausgegeben: Zeugin in einem Mordfall.« Muller schaut auf die Uhr. »Nach zwei. Wir probieren es noch mal im *Sigma*. Ansonsten sind wir gezwungen, bis zum Morgen zu warten.«

Im Hotel erhalten sie die Auskunft, dass sich Frau Rentzsch weder gemeldet hat noch aufgetaucht ist. Muller ruft seinen Anrufbeantworter in der Krausenstraße an, doch es gibt keine Nachrichten. Zu guter Letzt unterrichten ihn die Kollegen, dass sie die Aktion am Kemmler ohne einen Hinweis auf Tanies Verbleib abbrechen mussten.

»Warum verbringen Sie den Rest der Nacht nicht hier?«, bietet Kilian an, als sie in die Küche hinübergehen. »Was mich betrifft, ich kann jetzt sowieso nicht schlafen.«

»Dito«, bestätigt Muller.

»Sofern Sie doch müde werden, nehmen Sie einfach Tanies Bett, sie hat bestimmt nichts dagegen. Und wenn sie noch kommt …« Er lässt den Satz unvollendet.

»Und bei mir zu Hause pinnt ein Zettel an der Wohnungstür. Damit sie weiß, wo ich bin.«

»Sollten Sie Hunger haben …« Kilian deutet auf den Kühlschrank.

»Nein, danke. Ich drehe noch eine kleine Runde mit Emma. Das wird das Mädel freuen. Sie kennt ja die Gegend.«

Kilian füllt eine Schüssel mit Leitungswasser und stellt sie auf den Fliesenboden. »Einen Schluck auf den Weg.«

Emma versteht die Aufforderung und schlabbert das frische Nass.

Tanie formt ihre Hände zu einer Schale und schöpft die Flüssigkeit aus dem Eimer. Sie spült Gesicht und Hals ab. Das tut gut. Danach trinkt sie. Das Zeug schmeckt komisch. Abgestanden, leicht bitterlich. Im Finsteren kann sie nicht beurteilen, wie es aussieht und woran es liegen mag. Eine beigemischte Droge? Vielleicht ist der Kübel schmutzig. Egal, der Durst ist stärker. Sie muss einigermaßen bei Kräften bleiben.

Gespenstisch hier, denkt sie. Plong. Was mag das sein? Ein alter Stollen? Ein Bunker? Plong. Davon gab es viele in Plauen. Einige Wohnhäuser hatten sogar eine unmittelbare Verbindung zu den Luftschutzkellern. Ob die Anlagen noch erhalten sind? Dann wären sie ideal, um jemanden gefangen zu halten, zu foltern und abzuschlachten. Ohne Knebel, abgeschieden und gottverlassen. Ein Zwischenstopp auf dem Weg in die Hölle.

Nimm dich zusammen, Tanie, animiert sie sich. Kilian und András vermissen dich längst und werden alle Hebel in Bewegung setzen, dich zu finden. Die beiden geben ihr Bestes. Sie brauchen nur genügend Zeit.

»Haben Sie eine Ahnung, wo wir hier sind?« Tanie starrt in die Dunkelheit.

»Die Höhle wird ein Teil des kellertiefen Bunkersystems unterhalb von *Zirkus Böhm* sein.«

»Und Ihre alte Freundin Edith, das ist Edith Heim von besagtem Zirkus?«, vergewissert sich Tanie.

»Ja, Edith Heim war die Direktorin. Ich trat in meinen guten Zeiten am Trapez auf. Mit akrobatischen Nummern.«

»Sie haben im *Zirkus Böhm* gearbeitet?«

»Zuerst war ich Darstellerin im Berliner *Harlekin* und dann ein paar Jahre in der Manege. Bis der Unfall geschah.«

»Edith Heims Sturz«, schätzt Tanie.

»Genau. Das war das Ende von *Zirkus Böhm*.«

»Es gab ja offenbar schon mal einen Unfall, in Berlin.«

»Den Unfall von Dora Lichte meinen Sie?«

»Ich habe im Internet davon gelesen, ein Unglück im Rad des Todes. Dora Lichte? Wer ist das?«

»Das war eine Kollegin. Sie gehörte im *Harlekin* zum Ensemble. Es passierte bei einer Probe am späten Abend.« Sie hält inne. Plong.

»Sprechen Sie weiter«, bittet Tanie.

»Na ja, sie hatte wohl allein trainiert. Als wir tags darauf das Theater betraten, roch es irgendwie sonderbar, nach Butter, verdorbener Wurst, nach Metall. Und da war noch etwas. So ein monotones Geräusch, ein Brummen, das immer wieder unterbrochen wurde durch so ein Tock-Tock-Tock.« Frau Werner stößt einen Seufzer aus. »Das kam vom Rad des Todes.«

»Ich hab's!« Kilian stürzt in Tanies Schlafzimmer und schaltet das Deckenlicht ein.

Muller hat sich auf Tanies Bett ausgestreckt, Emma davor.

»Warum habe ich vorhin nicht daran gedacht?«

»Was denn?« Der Kommissar muss in der grellen Flut die Augen zusammenkneifen.

»Sie hat doch diese Tracking Software auf dem Computer.«

Mullers und Emmas Blicke sind zwei einzige Fragezeichen.

»Ein Programm, das die Browser-Chronik in einer separaten Datei speichert. Ganz von allein.«

Muller ist mit einem Schlag hellwach. Zu dritt stürmen sie in Tanies Arbeitszimmer und starten den PC.

»Warum hat sie das Programm?«

»Datenschutz. Sie möchte auf eine detaillierte Chronik nicht verzichten, aber auch sichergehen, dass ihre Spuren im Netz nicht in falsche Hände geraten.«

»Sehr gut. Topp!« Muller ist guter Dinge. Schnell ist die Datei ermittelt. Es öffnet sich eine ausführliche Tabelle. Die

Besuche sind präzise aufgeschlüsselt mit Datum, Uhrzeit und allen Inhalten.

Als sich auf dem Monitor das Bild von Edith Heim aus jungen Jahren aufbaut, schauen sich Muller und Kilian entsetzt an. Das ist doch unmöglich!

»Wie ist das damals geschehen?« Tanie ermuntert Frau Werner weiterzuerzählen.

»Das Rad des Todes gehörte zu den Kassenmagneten im *Harlekin*. Es basierte auf einer Foltertechnik aus dem Mittelalter. Eine große zylindrische Konstruktion, ähnlich der Trommel einer Waschmaschine.« Sie zieht heftig den Atem ein. »Nach Schließen einer eingearbeiteten Tür, drehte sie sich automatisch. Die Deckel waren durchsichtig, so konnte man hineinsehen. Im inneren Mantel der Walze gab es eine Menge spitzer Stahlzähne.« Sie zögert. »Was tun wir denn bloß, wenn Diede zurückkommt?«, wechselt sie das Thema.

»Gibt es etwas, um sich zu bewaffnen?« Plong.

»Hier ist fast nichts. Ich habe eigentlich jeden Zentimeter abgesucht. Nur in einer Ecke hängt so eine Art Froschlampe.«

»In welcher Ecke?«

Rita Werner lotst sie ungefähr dorthin, wo sie das Grubenlicht vermutet. Es dauert eine Weile, doch dann erreicht Tanie die Leuchte. Sie baumelt an einer eisernen Kette. Gut, denkt sie, die könnte von Nutzen sein.

»Links davon muss der Holzschemel stehen«, erinnert sich Rita Werner.

»Den nehmen wir auseinander. Achtung, das wird vielleicht splittern!« Mit Schwung zertrümmert Tanie den Hocker an einer Felswand in seine Einzelteile. Sie gibt Frau Werner ein Bein. »Damit kann man recht ordentlich zuschlagen.« Alles ist geeignet, solange sich damit Zeit gewinnen lässt. Tastend macht Tanie auf dem ehemals gepflasterten Boden einen Stein ausfindig, der bequem in eine Hand passt. Mit einem der Hockerbeine versucht sie, ihn freizukratzen. »Wie ging das weiter mit Dora Lichte und dem Rad des Todes?«, forscht sie.

»Zuerst wurde ein Kohlkopf malträtiert, um die Zuschauer zu überzeugen, wie gefährlich der Apparat ist. Die Geschwindigkeit ließ sich extern erhöhen. Rotierte das Rad nur langsam, genügte die Fliehkraft nicht, den Kohl an den Mantel der Trommel zu drücken. Er plumpste kontinuierlich auf die Dolche.« Das Scharren mit dem selbstgebauten Werkzeug untermalt den Bericht. »In Plauen kam anschließend eine Assistentin des Magiers ins Spiel. Sie kletterte in die Trommel und winkte durch die Scheiben, die ein Henker mit Gardinen verhüllte. Er schloss die Tür und die Trommel begann zu kreisen.« Es ist kühl. Rita Werner hustet. »Diverse Stürze waren zu vernehmen, gefolgt von Schreien. Dann zog der Henker die Vorhänge weg, aber die Assistentin war verschwunden. Und prompt tauchte sie mitten im Publikum auf, völlig unverletzt.«

»Und im *Harlekin*?«

»Im *Harlekin* lief das mehr nach der historischen Vorlage der Inquisition ab. Es war ziemlich blutig, ganz dem Programm entsprechend, und da brauchten sie auch die Gardinen nicht. Die grausamen Einzelheiten sollten ja zu sehen sein.«

»Wie haben die das denn gemacht?«

»Die meisten Stacheln waren harmlose Attrappen. Die scharfen schalteten sich auf Knopfdruck von außen zu. Dass mitunter ein paar von den Spitzen fehlten, fiel im Zuschauerraum nicht auf.« Plong. Plong. »Jedenfalls ist Dora an jenem Abend da reingestiegen, wahrscheinlich um eine stabile Position zu proben. Sie war allein, wir anderen waren schon gegangen. Die Ermittler vertraten die Ansicht, die Klappe schlug zu und der Mechanismus schaltete sich ein.« Reiben von Haut ist zu hören. Frau Werner will ihre Hände wärmen. »Von innen ließ sich die Trommel nicht öffnen. Das war für die Inszenierung im *Harlekin* ja nicht nötig.« Plong. Das Tropfen ist wie eine Bestätigung. »Am nächsten Morgen drehte sich die Trommel immer noch.«

Die Fotografie von Edith Heim ist schwarzweiß. Sie trägt einen Bleistiftrock mit Bluse. Ihr Haar ist zu einer Mähne toupiert. Die Aufnahme ist eine Nuance überbelichtet. Trotzdem besteht kein Zweifel, ihr Gesicht ist von Tanies kaum zu unterscheiden. Edith Heim und Tanie sehen sich zum Verwechseln ähnlich!

Die beiden lesen den Bildtext: »Der tragische Unfall Edith Heims ist das Aus für *Zirkus Böhm*.«

»Böhm? Das ist doch der Name Ihres Postboten, mit dem ich vorhin telefoniert habe und der am Vormittag hier war.«

»Nein, nein, unmöglich, das ist rein zufällig«, erwidert Kilian.

»Er kassiert Tanie«, spinnt Muller den Faden weiter, »sackt das Bike ein und deponiert es als falsche Fährte am Kemmlerturm. Meint, er könne mir nicht mehr sagen. Kein Wunder!«

»Böhms gibt es viele. Unserer hat damit nichts zu tun. Er ist sehr liebenswürdig«, beharrt Kilian. »Seine Mutter hatte einen Schlaganfall und er kümmert sich rührend um sie. Tanie gibt ihm ab und zu Kuchen für sie mit.«

Muller schaut mitleidig.

»Außerdem ist er zu alt, geht auf die sechzig zu. Sind Serienmörder nicht viel jünger?«

»Ja, meistens. Wenn sie ihre Karriere beginnen. Aber wer sagt denn, dass das seine ersten Morde sind? Durchaus möglich, dass er für simple Unfälle oder auch für diverse unaufgeklärte Sachverhalte aus der Vergangenheit verantwortlich ist. Die müssen sich noch nicht mal gleichen. Pausen über längere Zeiträume kann es auch geben, je nach Lebenslage.

Zu erklären, wir suchen einen Typen um die dreißig, könnte fatal sein.«

Er wendet sich wieder dem Foto zu und erstarrt. Im Hintergrund ist das Emblem des ehemaligen Plauener Zirkus zu sehen. Natürlich! Bingo! Das ist es! Als Junge besuchte er oft die Aufführungen und einer der Artisten lüftete das Geheimnis um das Symbol. Die vier Punkte auf dem »O« von *Böhm* stellen Jonglierbälle dar. So ähnelt das »Ö« einer Pfote und verweist auf die Tiere in der Show. Der Buchstabe selbst ist aus zwei Ringen zusammengesetzt. Der äußere deutet auf die Manege und der innere auf den magischen Kreis, also auf Zauberkunststücke.

Der Killer hat mit diesem Zeichen seine Unterschrift hinterlassen. Er muss darauf gefasst sein, aufgespürt zu werden. Schwer nachvollziehbar, diese Ambivalenz mancher Serienmörder. Trotz der Sorge, entlarvt zu werden, lebt der Drang, wie ein Maler sein Werk zu signieren. Seht her, das ist meine Arbeit! Oder aber der Hinweis soll die Polizei ins Boot ziehen. Schnappt sie den Verbrecher nicht, liegt die Schuld bei ihr.

»Dieser liebenswürdige Mann hat Sie übrigens belastet.«

»Belastet?« Kilian lacht. »Das übersteigt mein Vorstellungsvermögen nun endgültig. Wie denn?«

»Hat behauptet, eines Morgens am offenen Küchenfenster bei Sandra Berg einen heftigen Streit gehört und Ihre Stimme erkannt zu haben.«

»Und daraufhin haben Sie mich nicht verhaftet oder wenigstens vernommen?«

Der Kriminaler schweigt.

»Sie können mir glauben, wir haben uns nie gestritten. Vielleicht hat Böhm da was falsch interpretiert.« Er denkt zurück. »Bei ihr lief meist die Morgensendung ›Thirty Nine Get Up‹. Die bringen mitunter auch Filmausschnitte. Das braucht keine Lüge gewesen sein, dass da ein Wortwechsel stattfand«, verteidigt er den Briefträger.

»Mag sein. Doch lässt sich ein Kontakt zu den Taschentüchern nicht mehr leugnen. An dem Tag hatte Böhm starkes Nasenbluten und Sandra Berg hat ihm geholfen. Gewiss hat sie ihm ein, zwei Päckchen spendiert.« Er grübelt. »So erklärt sich auch die Verbindung zu Waris Okoro. Böhm bringt die Post neben Meßbach und Thiergarten auch nach Straßberg, wo Frau Okoro gewohnt hat.«

Kilian lässt sich in den Bürostuhl fallen. Entgeistert und erschüttert schaut er zu Muller. »Verdammt, jetzt ist klar, warum mir das Muster von Bettina Fischers Kleid nicht fremd ist. Ich habe sie gesehen! In diesem auffälligen Dress. Sie saß in Böhms Postauto!« Ihm dämmert, was das bedeutet. Es existiert nur ein Böhm und die grauenvollen Taten gehen allein auf sein Konto.

»Sicher der Tag, an dem sie verschwand«, kombiniert Muller. »Sie hatte das Kleid ja gerade erst fertig genäht. Vermutlich war sie in Meßbach, um ein paar Sachen zu holen, als Fischer mit seinen Jungs beim Fußballtraining war. Bettina Fischer war mit den Trainingszeiten vertraut. Laut eines Zeugen ist sie kurz nach siebzehn Uhr mit dem Bus in diese Richtung gefahren.«

»Dann ist sie Böhm wahrscheinlich hier in Meßbach begegnet«, schlussfolgert Kilian. »Vielleicht hat er ihr angeboten, sie in die Stadt mitzunehmen.«

Sie hängen ihren Gedanken nach.

»Warten Sie mal! Ich will schnell was kontrollieren.« Kilian eilt in die Diele. Gleich darauf ruft er: »Die Suche hätten wir uns sparen können. Tanie war definitiv nicht mit dem Rad unterwegs.«

Schon steht Muller neben ihm. »Wieso nicht?«

»Seit der schweren Hirnverletzung einer Bekannten steigt sie grundsätzlich nie ohne Sturzhelm auf den Sattel. Sie verwahrt ihn hier im Garderobenschränkchen.«

In einer Lade liegt der Kopfschutz im Basecap-Design.

»Dieses scheinheilige Ungeheuer. Der Wolf im Schafspelz. Wo wohnt dieser Kerl?« Wut blitzt in Kilians Augen.

»Im Stadtteil Preißelpöhl.« Muller fingert einen Zettel aus der Hosentasche, den er sich daheim eingesteckt hat. »Chamissostraße«, liest er, »Nummer neununddreißig.« Daraufhin kramt er ein zweites Papier hervor. Jabots Liste, zur Hälfte geprüft. Ganz unten stößt er auf einen Vermerk mit Tippfehler: »Last, but not least *Zirkus Höhm*, neben klassischem Zirkusprogramm auch magische Illusionen. Plauen, Preißelpöhl.«

Ein Geräusch. Licht schaltet sich ein. Tanie sieht die felsenartigen Wände, die sie umgeben. Der Stein im Boden ist noch nicht völlig freigelegt. Sie schnappt sich die Froschlampe und versteckt sie hinter sich. Das Stuhlbein schiebt sie in ihren Gürtel.

Dietrich Böhm betritt den Raum. Ist das möglich? Der sympathische, höfliche Herr Böhm und Papa Tod – ein und dieselbe Person? Quatsch! Ein Missverständnis, ein Irrtum. Gutmütig wie er ist, muss er bedroht, erpresst oder terrorisiert werden.

Sein Blick ist düster und kalt, wie in Beton gegossen. Tanie erkennt ihn kaum wieder. »Wie geht es Ihrer Mutter, Herr Böhm?«, versucht sie es auf der vertrauten Ebene. »Hat ihr der Kuchen geschmeckt?«

Er reagiert nicht, als wäre er taub. Bewegt sich roboterartig auf Rita Werner zu, die ängstlich zurückweicht.

»Haben Sie meine Grüße ausgerichtet?«

Keine Antwort. Böhm greift die wimmernde Frau Werner hart am Arm und schleift sie weg.

»Herr Böhm«, probiert Tanie es weiter, »ich würde Ihre Mutter gern besuchen. Sie wird sich freuen. Kann ich zu ihr?« Sie steht auf und steuert vorsichtig die Tür an.

»Sitzen bleiben!«, befielt Böhm in einem fremden Tonfall. Seine sonst so milde Stimme klingt verzerrt.

Das ist der richtige Zeitpunkt, denkt sie, jetzt oder nie. Entschlossen packt sie die Kette und wirbelt die Froschlampe wie ein Lasso im Kreis. »Lassen Sie die Frau los«, fordert sie. »Nehmen Sie Ihre Finger von ihr!«

Tatsächlich gibt Böhm die alte Dame frei. Tanie schwingt die Lampe. Böhm marschiert auf sie zu.

»Laufen Sie!«, ruft sie Rita Werner zu.

Doch die frühere Artistin scheint wie gelähmt, rührt sich keinen Zentimeter. Sie starrt auf Tanie. »Edith? Bist du das?«

Mit einem Griff erwischt Böhm die rotierende Leuchte und reißt sie fort. Er ist nur eine Armlänge von ihr entfernt. Ohne zu überlegen, fasst sie nach hinten zu dem Stuhlbein im Gurt. Sie schlägt zu, trifft ihn an der Schläfe. Böhm gerät ins Taumeln. Diese Chance nutzt sie und holt erneut aus, doch der Hieb verfehlt ihn. Böhm duckt sich, stürzt sich auf Tanie und zieht sie mit sich auf die Erde. Nach Kräften wehrt sie sich, aber er ist stärker. »Rennen Sie weg!«, brüllt sie.

Doch eine Sekunde später hat Böhm die Situation unter Kontrolle, verpasst Rita Werner einen Fußtritt und fesselt Tanies Hände auf dem Rücken.

»Dachte mir schon, dass Sie Courage haben«, jappst Böhm außer Atem. »Aber ihr kommt hier sowieso nicht raus.« Er lacht. Es ist ein kehliger Laut. Bedrohlich, wahnsinnig. »Entspannt euch. Macht's euch gemütlich. Jetzt ist Showtime!«

»Wir stürmen den Laden«, verkündet Kilian.

Er sitzt mit Muller in dessen Oldtimer, den sie in der Karolastraße mit Sicht auf das einstige Zirkusgebäude geparkt haben. Es ist ein wuchtiger Mietsbau im Reformstil mit Zwerchgiebeln, flankiert von Dachgauben. Vor dem Ersten Weltkrieg, zu Plauens Blütezeit als Großstadt, war es gerade bezugsfertig.

Gustav Böhm wurde in den späten Fünfzigern Eigentümer. Nach seiner Hochzeit mit Edith Heim ließ er das Haus überholen und umgestalten. Es bot genügend Raum für eine kleine Manege und akrobatische Darbietungen unter dem Schnürboden. Ein fixes Gebäude war eine moderne Alternative zum Wanderzirkus mit Zelt und Wagen.

Heute sieht das Objekt unbewohnt und verlassen aus, stellenweise verfallen. Putz hat sich in Schuppen vom Mauerwerk gelöst und ausgedehnte Wunden gerissen. Die Loggien, in denen noch vor hundert Jahren der *Vogtländische Anzeiger* als Hauptblatt der Region zum Sonntagskaffee gehört hatte, haben sich in blutleere Kammern verwandelt. Eingeschlagene Fensterscheiben. Baufällige Erker. Eine Birke wächst aus der Balkonbrüstung.

»Wir warten auf Verstärkung«, bestimmt Muller.

»Das ist doch Unsinn! Wollen Sie hier untätig herumsitzen, bis es zu spät ist? Tanie ist da drin!«

»Immer mit der Ruhe! Die sind gleich da, das dauert nicht mehr lange«, erklärt Muller.

»Ach, was. Ich kenne Böhm. Er ist ein alternder Mann. Mit dem werden wir ja wohl allein fertig.« Kilian öffnet die Autotür.

»Sie gefährden hier keine Polizeiaktion.« Muller lehnt sich auf die Beifahrerseite und zieht die Tür zu. »Sie bleiben gefälligst hier.« Mit diesen Worten zückt er blitzschnell seine Handschellen und legt Kilian am inneren Griff des Mercedes-Coupés an die Kette.

»Was soll denn das?«, protestiert er. »Schließen Sie sofort die Dinger auf!«

»Sie halten einstweilen hier draußen die Stellung. Ich sondiere die Lage.«

»Das können Sie nicht machen!«

Muller holt sich die Taschenlampe aus dem Kofferraum, lässt Kilian zurück und geht auf das Haus Nummer neununddreißig zu.

»Muller, Sie elender Schuft!«, ruft ihm Kilian nach. »Das

ist Freiheitsberaubung! Ich zeige Sie an! Ich bringe Sie vor Gericht!«

Es brennt kein Licht, alles dunkel. Nur die Laternen an der Straße erhellen die Stirnseite. Hoffentlich beeilen sich die Kollegen, denkt Muller.

Als Junge war das für ihn ein spannender Ort voller Leben. »Hochverehrtes Publikum, meine Damen und Herren, liebe Kinder! Endlich ist es so weit! Vorhang auf, Manege frei, das Spiel beginnt!« Diese Zeit ist lange vorbei. Er wünscht, er hätte Emma mitgenommen.

Muller schiebt sich an der Hauswand entlang zur Rückseite, bahnt sich einen Pfad durch dichtes Gestrüpp, den er mit der Taschenlampe aus dem Auto beleuchtet. In einem Haufen Latten entdeckt er ein verwittertes Schild mit dem Schriftzug *Zirkus Böhm* und dem markanten Symbol.

Es ist duster im Garten hinter dem Gebäude. Seine Lampe ist schwach und strahlt nur in den unmittelbaren Umkreis. Dass sie jetzt bloß nicht den Geist aufgibt, betet Muller. Steht da neben den Mülltonnen eine Tür offen? Er muss sich gedulden, bis Hilfe eintrifft.

Im nächsten Moment fühlt er einen stechenden Schmerz am Hinterkopf. Dann wird ihm schwarz vor Augen.

»Wir haben Besuch.« Böhm schubst einen Gefesselten vor sich her. Der Mann strauchelt und stürzt.

»Kilian! Um Gottes willen!«, erschrickt Tanie.

»Dachte, Sie würden sich freuen, wenn Ihr durchgedrehter Bruder der Show beiwohnt.« Plong.

»Ich bin in Ordnung«, beschwichtigt Kilian. »Mir fehlt nichts! Die Polizei ist unterwegs.«

»Die Polizei?« Böhm lacht. »Machen Sie sich keine falschen Hoffnungen. Hier findet keiner her. Keiner!«

Kilian robbt auf den Platz neben seine Schwester und schaut sich in der steinernen Kammer um. Plong. Plong.

Tanie wechselt wieder auf die psychologische Schiene, um Böhm hinzuhalten. »Warum haben Sie die Frauen umgebracht?«

»Umgebracht? Das klingt aber sehr unartig, Frau Rentzsch. Ich habe den Frauen eine Bühne verschafft, wenn Sie wissen, was das bedeutet«, lässt sich Böhm auf das Gespräch ein. »Julia Schneider hat es verstanden. Ich traf sie, als sie aus ihrem Liebesnest kam. Sie war ganz begierig auf die Manege, die Scheinwerfer, die Musik, das Lampenfieber.«

»Und Sandra? War sie auch so versessen darauf, Teil Ihrer Show zu werden?«

»Na ja, fast hätte ich auf Frau Berg verzichten müssen. Aber ich habe sie rasch umgestimmt.«

»Was soll das heißen, verzichten müssen?«

»Wir haben beobachtet, wie Sie an jenem Abend auf dieses Beweismaterial gestoßen sind. Was war das noch? Ach ja, das Taschentuch und dieses Mäppchen.« Plong.

Tanies Herzschlag setzt für einen Moment aus und ihre Frage ist nur ein Hauch. »Wo?«

»Frau Bergs Küchenfenster bot ein ideales Panorama. Leider gab es eine kleine Rangelei wegen der Platzverteilung.« Er schmunzelt im Erinnern an die Episode in Meßbach. »Dabei stürzte der Mörser mit den Pfefferkörnern ab. Aber keine Bange, wir haben nichts zerbrochen.«

Wenn András das Taschentuch untersucht hätte, anstatt es einzutüten? Und wenn ihr zu diesem Tuch spontan Sandra in den Sinn gekommen wäre? Und wenn sie doch bei ihr geklingelt hätten, wie sie vorgeschlagen hat, nachdem András abgefahren war? Gibt es überhaupt ein *Wenn* oder *Hätte*? Plong.

»Sie brauchen sich nicht zu beunruhigen, Frau Rentzsch. Noch bevor der liebenswerte Herr Muller eintraf, waren wir verschwunden. Und als ich Ihnen später Mutters Telefonnummer aufschrieb mit Frau Bergs originellem Holzkuli, war der Vorhang ja längst gefallen.«

Tanie entsinnt sich an den Vormittag im Vorgarten und den Stift aus gestockter Buche. Sie fängt Kilians Blick auf. Da ist ein Anflug von Bedauern und noch etwas, was sie nicht gleich zuordnen kann. Doch dann nimmt sie einen Schatten von Trauer wahr.

»Wie haben Sie das denn mitgekriegt, dass in dieser Nacht die Polizei kam, wenn Sie bereits weg waren?«

»Sie enttäuschen mich, Frau Rentzsch. Haben Sie's vergessen? Ich bin der Postbote. Mir wird viel erzählt. Sogar Ihr Bruder hat es mir am Morgen darauf bestätigt«, beklagt er sich. »Wie dem auch sei, wir konnten nicht auf die Polizei warten, denn Frau Berg war inzwischen Feuer und Flamme, verlangte energisch nach den Proben für den Auftritt. Den ganz großen Auftritt, verstehen Sie?«

»Ging es Ihrer Mutter auch um den ganz großen Auftritt?«, mutmaßt Tanie.

»Mutter ist schon geraume Zeit nicht mehr aufgetreten.«

»Sie hatte einen Unfall«, erinnert sie ihn.

»Eine äußerst betrübliche Sache. Ich fürchte, ich habe sie ein wenig gestoßen, obwohl ich eigentlich nur helfen wollte.«

»Und Dora Lichte, haben sie der auch geholfen?«

»Was denken Sie? Damals kam ich gerade in die Schule.« Böhm huscht kurz hinaus. Er wuchtet eine klappbare Holzliege heran, stellt sie in der Mitte des Raumes auf. »Hegen Sie etwa den Verdacht, ich würde jemanden vorsätzlich ins Rad des Todes packen und die Tür verriegeln? Als Erstklässler?«

Aus einem Metallkasten holt er ein Werkzeug. Tanie registriert Lauf, Griff, Mündung, Abzug. Doch das Instrument ist ihr fremd. Eine Kreuzung aus Feuerwaffe und Bohrmaschine. Plong.

»Sicher glauben Sie auch, Mutter habe in böser Absicht gehandelt, mich da reinzustecken.«

»Ihre Mutter hat Sie ins Rad des Todes gesperrt?«

»Mikado nannte sie das. Schlimm, oder? Aber nicht für Edith Heim. Du kennst sie, Rita«, wendet er sich mit erhobener Stimme an die alte Dame. »Du weißt, wie sie war.«

»Edith hat es bloß gut gemeint, wollte immer nur das Beste.«

»Ja, ja, Mutter war lupenrein. Auch ich war überzeugt, alles, was sie tat, ist richtig. Sie war das Gesetz.« Böhm legt einen geriffelten Streifen in das Gerät mit der skurrilen Form.

»Du warst ein schwieriges Kind, mein Lieber, dir war nicht zu trauen«, wagt Frau Werner zu widersprechen. Mit der Aussicht auf baldige Rettung scheint sie Halt gewonnen zu haben. »Du hast sogar den Hund vom Schuldirektor …«

»Der Schuldirektor?«, fällt ihr Böhm ins Wort. »Er hat im *Harlekin* keine Aufführung verpasst, hatte eine Extraloge und Mutter besuchte ihn dort regelmäßig, um seine diversen Gaben zu empfangen.«

»Na wennschon! Er hatte wertvolle Beziehungen und wir mussten ja von irgendwas leben. Du auch! Das *Harlekin* durfte nicht schließen.«

»Gleich nach dem Schulanfang bläute der Kerl mir ein, was Manieren sind. Schikanierte mich mit Kellerarrest oder ließ mich auf Holzscheiten knien.«

»Wird schon seinen Grund gehabt haben. Geschadet hat das gewiss nicht! Und es ist erst recht kein Anlass, uns hier unten festzuhalten.« Plong. Plong.

»Nein? Erinnerst du dich tatsächlich nicht an deinen Teil in diesem Trauerspiel?«

»Ich habe keine Ahnung, wovon du sprichst.«

»Dann muss ich deinem Gedächtnis ein bisschen auf die Sprünge helfen.«

»Ich habe mir nichts vorzuwerfen«, behauptet sie.

»Ach Rita, Schätzchen, ihr habt sie doch nach Kräften unterstützt, Dora und du.«

»Sie unterstützt? Edith? Wobei?«

»Du hast gern gebacken und gekocht, nicht wahr?«

»Was hat das denn damit zu tun?«

»Wie kannst du nur so vergesslich sein, Engelchen? Ts, Ts, ts«, zischt er. »Verbessere mich, wenn ich etwas Falsches sage: Du hattest zwei Rezepte, um erbrochenen Mageninhalt zu servieren. Nach dem Köcheln mit Spinat verrühren oder einfach unbehandelt, vollwertig und rein biologisch.«

»Du hast dich damals oft absichtlich übergeben, das war eine schwere Zeit. Edith hat es weiß Gott nicht leicht gehabt. Aber was du dir da zusammenspinnst«, empört sie sich, »das bildest du dir doch alles nur ein!«

Böhm tritt zu Rita Werner. Seine Lippen sind dicht an ihren. »›Es wird nicht eher aufgestanden, bis der Teller leer ist‹ «, faucht er. »Das war deine Devise.«

»Was war denn das – Mikado?«, mischt sich Tanie ein, um ihn von Rita Werner abzulenken.

Böhm dreht den Kopf. »Wollen Sie das wirklich hören, Frau Rentzsch?«

»Ja, allerdings.«

»Also gut, wie Sie wünschen.« Plong. Er widmet sich wieder der Pritsche und rückt sie zurecht. »Im Kostümfundus lag ein Mikado mit doppelt so dicken Stäben. Wenn ich was ausgefressen hatte, musste ich mich in das Rad des Todes auf die Zinken setzen und Mutter sicherte die Tür mit zwei dieser Mikadostäbe.« Sein Gesicht bleibt reglos. »Bei der leisesten Bewegung hätten sich die Stöcke gelockert und die Klappe wäre zugeschlagen. Ich habe häufig viele Stunden regungslos dort drin verbracht, bis sie mich rausholte. Steif und verkrampft.«

Tanie ist betroffen. Unbegreiflich, wozu eine Mutter fähig sein kann.

»Doch genug von diesen ekligen Details. Schluss damit! Das ist vorbei. Jetzt beginnt die Show!«

Muller hält sich den Kopf. Elende Schweinerei! Wie ein Anfänger ausgeknockt! Treffer versenkt. Diese Quittung würde er am liebsten mit ein paar ordentlichen *Schelln* erwidern oder irgendwas in Reichweite *zerladern*, wenn Brans nicht wie ein flehmendes Pferd neben ihm stände.

Zu allem Überfluss hat sich dieser Kerl Kilian geschnappt. Böhm beherrscht offenbar auch Entfesselungstricks. Jedenfalls baumeln die Fesseln ohne einen Kratzer am Türgriff des Autos, und den Schlüssel fühlt Muller noch in seiner Hosentasche.

»Tun Sie sich keinen Zwang an, Chef. Sie dürfen sich zur Abwechslung gern einmal selbst rügen. Erst wägen, dann wagen.«

»Sie haben recht.«

»Ich will nicht schadenfroh sein, aber ganz unter uns, das war ja wohl mal fällig.«

»Ich hab's vergeigt.«

»Wenn Sie ehrlich sind, hat mein Dasein als lebendes Fragezeichen auch seine Vorteile.«

Muller versucht zu nicken. »Ihnen wäre das nicht passiert. Ein voller Griff ins Klo.«

»Genau!« Brans besieht sich die Wunde. »Böse Sache«, schätzt er. »Das Blut ist bis in den Nacken gelaufen. War zweifellos ein harter Knüppel. Muss wenigstens geklammert werden.«

»Das ist jetzt egal! Wir gehen rein«, ordnet er an.

Auf das Kommando »Zugriff« nähern sich bewaffnete Spezialkräfte mit Schutzweste und Gefechtshelm dem Haus und besetzen die Eingänge. Die beiden Kommissare betreten die

Halle gemeinsam mit Beamten des SEK, die sich eilends radial aufteilen.

Es ist eine Zeitreise, eine Vision. Chatschaturjans »Säbeltanz« schwebt durch Mullers Gedanken, die Bläser, die Streicher. Alles wie damals. Der schwere schwarze Vorhang ist zwar staubig und an manchen Stellen zerrissen, aber er umhüllt noch immer das Zirkusherz, die Manege. Sie ist gerahmt von einem Ring hölzerner Kästen, der sogenannten Piste. Er riecht die Sägespäne, lauscht dem Applaus und dem Lachen der Kinder.

»Chef!«, ruft ihn Brans in die Gegenwart zurück. »Der Vogel scheint ausgeflogen zu sein.«

»Das ist unmöglich!«

»Das Haus ist leer. Keine Menschenseele.«

»Der muss hier sein! Was ist mit den Kellerräumen?«

»Komplett durchsucht. Negativ.«

»Das gibt's doch gar nicht!« Er läuft dorthin, wo er kurz vor seinem K. o. die offene Pforte bemerkt hatte.

»Nur der Zutritt zum Waschhaus«, erklärt Brans, der ihm gefolgt ist.

Um sich zu vergewissern, absolviert Muller noch einen Kontrollgang. Vor allem das Souterrain nimmt er sich vor. Hier lagert Krempel. Verschiedene Apparate, wie sie bestimmt im *Harlekin* verwendet wurden. Schränke klopft er nach Geheimtüren ab. In den Treppennischen forscht er nach verborgenen Räumen.

»Bastard! Wo bist du abgeblieben?«, zischt er, wird aber nicht fündig.

»Das SEK rückt ab«, meldet Brans.

Mullers Militäruhr zeigt sechs Uhr morgens. »Geben Sie die Fahndung raus. Und die Spurensicherung marschiert nachher als Erstes hier auf.«

»Ich regele das, Chef«, verspricht er. »Ring zwanzig?«

»Besser fünfzig. Mein K. o. liegt ja schon gut dreißig Minuten zurück.« Es klingt resigniert. Doch ein Umkreis von fünfzig Kilometern müsste reichen, um diesen Dämon zu erwischen.

»Sie sollten da einen Arzt draufschauen lassen.« Brans deutet auf Mullers Schädel.

»Machen Sie bloß, dass Sie fortkommen!«

»Bin schon weg, Chef!«

Er hat marternde Kopfschmerzen. An seinen Wagen gelehnt, beobachtet er, wie der Trupp abzieht. Die Sonne ist aufgegangen. Etwa in einer Stunde würde die SpuSi auftauchen. Mit hängenden Schultern trottet er ins Haus zurück.

»Hereinspaziert, hereinspaziert! Staunen Sie! Schaudern Sie! Lachen Sie! *Zirkus Böhm* entführt Sie in ein Land der Wunder.« Fanfaren, Trommeln, Tusch und verblüffte Gesichter. Die Zaubernummern und Illusionen faszinierten den Lausbub András am meisten und *Zirkus Böhm* hatte mehr zu bieten als Becherspiele, Trickmünzen oder Faxenmacher mit Gummihämmern.

Er lenkt seinen Blick durch die Manege. Eine Handvoll brüchiger Requisiten. Staub. Spinnweben. Muller klettert auf die Plattform oberhalb des Sattelgangs, wo das Orchester die Attraktionen musikalisch abrundete. Von hier kann er die gesamten Sitzplätze übersehen. Früher war die Loge sein Platz. Erste, allenfalls zweite Reihe. Nie Rang oder Sperrsitz. Das Spektakel zum Greifen nah.

»Wo hast du dich verkrochen, du Satan?«, murmelt er.

Er sieht die Clowns einen Blumenstrauß aus seinem Anorak zaubern, seinen schokoladeverschmierten Mund, Edith Heim in ihrem wehenden roten Kaftan, den langen, klimpernden Ohrringen und der rauen Stimme: »Wir haben hier ein richtiges kleines Kolosseum.«

Kolosseum, rätselt Muller, wie hat sie das gemeint? Ein Amphitheater, eine Arena?

Edith Heim persönlich trat mit dem berühmten Stuhl des

Magiers de Kolta auf. Sie saß in der Manege auf diesem besonderen Sessel. Begleitet von frenetischem Trommelwirbel warf Gustav Böhm ein riesiges Tuch über sie. Als er es wegzog, hatte sie sich in Luft aufgelöst. War spurlos verschwunden. Wohin? Gab es einen doppelten Boden? Eine geheime Tür? »Wir haben hier ein richtiges kleines Kolosseum.«

Die Arena im Kolosseum in Rom war unterkellert. Gab es einen versteckten Zugang zu einem separaten Tunnelsystem unter der Manege?

Muller springt von der Plattform und steht geradewegs im Zirkusrund. Am Tor zum Sattelgang lehnt ein Besen. Die Sägespäne sind sauber und riechen intensiv nach Holz. Wie kürzlich frisch aufgeschüttet. Das einzig Neue ringsum. Während er die etwa zehn Meter durchmessende Manege abkehrt, murmelt er vor sich hin. »Nun komm, du alter Besen! … Wie geht das noch weiter? … Bist schon lange Knecht gewesen. Nun erfülle meinen Willen!«

Doch nur herkömmliches Parkett wird sichtbar. Muller gibt nicht auf. Er fegt unbeirrt weiter. Wenn ich den Besen mit dem Beil spalte, denkt er spöttisch, geht es vielleicht doppelt so schnell.

Mit dem nächsten Schwung treffen die Borsten auf einen Abschnitt, der sich nicht fegen lässt. »O, du Ausgeburt der Hölle!«, ist er wieder beim »Zauberlehrling«. Auf einer Fläche von einem Quadratmeter sitzt die tiefere Schicht Späne fest. Angeklebt. Sie tarnen eine Bodenluke. Das ist ausgezeichnet gemacht und fällt zusammen mit dem gewöhnlichen Sägemehl nicht auf. Da bist du also, Papa Tod!

Muller zügelt sich, um den Einstieg nicht postwendend zu stürmen. Stattdessen nimmt er sein Handy und informiert Brans über seinen Fund. Er beauftragt ihn, das Nötige in die Wege zu leiten und mit dem Einsatzkommando nochmals anzurollen.

»Ich kann nicht länger warten, ich muss da jetzt rein. Wir haben schon viel zu viel Zeit verloren.«

»Seien Sie bloß vorsichtig, Chef, Sie sind verletzt!«

»Es tut mir furchtbar leid, dass ich keine Manege bieten kann. Aber die Umstände nötigen mich, unsere Show vorläufig hier unten abzuhalten.« Plong.

Rita Werner liegt auf der Holzpritsche. Tanie und Kilian lehnen als Publikum mit gefesselten Gliedern an der Felswand.

»Ich bin überaus froh, Ihnen eine Variante des Russischen Roulettes darbieten zu können!« Er deutet eine Verbeugung an. »Einige Magier haben eine ähnliche Nummer, sogar das Duo Penn & Teller. Aber ich zeige Ihnen eine Version der besonderen Art. Heute exklusiv bei *Zirkus Böhm*. Ich nenne sie Todesspitzen.«

Dietrich Böhm hantiert mit dem ungewöhnlichen Instrument aus dem Metallkasten. Plong. Es hat die Form eines Föhns, dessen Enden mit einer Schiene verbunden sind. »Alles, was wir dafür brauchen«, erklärt er, »ist ein Nageltacker.«

Eine Gänsehaut spannt sich um Tanies Körper. So sieht also eine Nagelpistole aus, folgert sie. Die Aktion wird kaum auf Nachhilfe im Heimwerken hinauslaufen.

Papa Tod präsentiert das Magazin, ein Band aus aneinandergereihten Hülsen. Es ist nicht durchgehend mit Metallstiften beschickt, sondern weist Lücken auf. Er passt es in einen bügelartigen Schacht des Bolzengerätes ein. Daraufhin setzt er die Mündung des Werkzeugs auf die Liege und betätigt den Abzug. Mit einem Knall schiebt sich ein zehn Zentimeter langer Nagel in das Holz der Pritsche.

»Was glauben Sie, Frau Rentzsch, ist die nächste Kammer leer?« Er zielt mit der Pistole auf Rita Werners Hand, die er auf die furnierte Fläche presst.

Was soll sie sagen? Kann sie verhindern, dass sich ein Bolzen durch Haut und Gewebe stanzt? »Will denn Ihre Mutter der Show nicht beiwohnen?«, weicht sie aus. »Ich würde mich freuen, wenn sie zu uns käme.«

Zuerst grübelt Böhm und entscheidet dann: »Genau, Mutter hat sicher viel Spaß an der Show. Ich wollte sie schon zu uns bitten, aber … Ach was, sie stört sich nicht an der eher ungastlichen Umgebung hier, wenn der Unterhaltungswert stimmt.« Plong. Plong.

Für einen Atemzug scheint es, als wolle er die Pistole noch abfeuern. »Rita, altes Mädchen, du rührst dich doch nicht, bis ich zurück bin? Es dauert nur eine Minute. Schön artig sein!« Er verlässt den Raum.

»Los, holen Sie mein Taschenmesser raus. Für die Kabelbinder«, fordert Kilian Rita Werner auf. »Tempo!«

Doch Frau Werners wiedergewonnene Contenance ist zerfallen, sie zittert wie Espenlaub. Schluchzend versucht sie, sich von ihrem Lager zu erheben. Aber es ist zwecklos, sie schafft es nicht. Die Angst ist stärker und zwingt sie auf die Pritsche.

»Tanie, probier du mal, ob du rankommst.« Er wälzt sich zu ihren zusammengeschnürten Händen. »In der Hosentasche! Mach schnell!«

Sie ertastet den Spalt und schlüpft mit den Fingern hinein.

Da steht Böhm bereits in der Tür. An einem Ledergriff trägt er einen quaderförmigen Koffer, tischhoch, verziert mit Messingbeschlägen und Zeitungsausschnitten über das *Harlekin*-Theater und *Zirkus Böhm*. Er sieht sich kurz um und stellt ihn neben Tanie ab. »Das war ein trefflicher Einfall von Ihnen, Frau Rentzsch. Mutter wäre beleidigt gewesen, wenn ich sie nicht eingeladen hätte.« Mit einem Klacken öffnet er die Schnappschlösser an der Längsseite und klappt den Behälter auseinander. »Emil Kios *Gulliver im Lande der Liliputaner* hat mir die Idee für Mutters originellen Auftritt geliefert«, enthüllt er. »Ein russischer Magier und ein König der Manegenzauberei.«

»Emil Kio hat die Schädel von …?« Kilian versagt die Stimme.

Die Schalen des Koffers sind gepolstert und mit Samt ausgeschlagen. Ein Puppentorso ist darauf gebettet, bekleidet mit einem karierten Röckchen. Der Rüschensaum reicht bis zu den Waden. Die Bluse schließt mit Knöpfen und einem Stehkragen ab. Auf dem Rumpf sitzt ein menschlicher Kopf.

Die Züge schief, Wangen und Kinn verzerrt wie unter Glas gepresst, die Nase zerdrückt. Auf Stirn und Schläfen kleben Haare einer einstigen Frisur. Blass schimmert die Haut. Ein Lid geschlossen. Ein Augapfel welk. Die Pupille stiert in die Ewigkeit. Dennoch erkennt Tanie Edith Heims Gesicht.

»Ganz recht, Herr Rentzsch. In den Fünfzigern hat Kio kleinen Leibern aus Pappmaché zu lebenden und sprechenden Häuptern verholfen. Die Zuschauer waren begeistert.«

Fassungslos drängt sich Tanie die Vorstellung ins Bewusstsein, wie der Postbote die Figur zwischen Feierabend und Spätnachrichten modelliert, wie er zu einem Stück Sahnetorte aus dem *Sigma* die Brauen nachzieht und die Lippen schminkt. Plong. Die Bilder von Julia und Sandra mischen sich mit Edith Heims und ihrem eigenen Antlitz. Übelkeit steigt ihre Speiseröhre hinauf, erobert den Rachen. Ihre Mundhöhle fühlt sich an wie ein saurer Schwamm.

Böhm wird auf Tanies entsetzte Miene aufmerksam. »Sie müssen nicht denken, ich habe Mutter umgebracht, wie sie das vorhin so unfreundlich formulierten. Nein, sie ist im Schlaf gestorben, die Gute. Vor ein paar Wochen. Hat mich allein gelassen. Einfach so.« Plong. Er rückt einen Träger auf der Puppenschulter zurecht. »Höchst bedauerlich, denn im Laufe ihres Leidens sind Mutter und ich uns nähergekommen. Es war eine glückliche Zeit. Und dann … Aber jetzt ist sie wieder da.« Böhm streicht zwei, drei Falten glatt und ordnet das Spitzenblüschen. »Kannst du auch ordentlich sehen, Mutter? Hier ist es behaglicher als in der kalten Truhe. Gedulde dich noch einen Augenblick. Gleich ist Premiere.«

6

Muller zieht die Falltür hoch, nimmt sie wie einen Deckel ab. Darunter taucht ein lederner Sichtschutz auf, mit angeleimten Spänen und einem Schlitz in der Mitte. Hier hinein ist Edith Heim also heimlich verschwunden, kombiniert er.

In seinem Hirn meißelt ein Bohrhammer. Er stöhnt, schöpft tief Luft und rutscht durch die schmale Öffnung. Von einem Podest steigt er eine stählerne Leiter hinab. Die Taschenlampe erleuchtet einen unterirdischen Gang, der in den Felsen gehauen und teilweise gemauert ist.

Es muss einen zweiten Ausstieg geben. Nur so wäre Edith Heim imstande gewesen, diskret zurückzukehren und die nächste Nummer anzusagen.

Er schleicht einige Meter den düsteren Tunnel entlang, bis er sich gabelt. Muller wählt den Weg, der sich gefühlsmäßig unter dem Haus befindet.

Teile der Bunkeranlagen dienten vor dem Krieg als Lagerräume und erfüllen nun wieder ihren ursprünglichen Zweck, wie das Aufbewahren von Bierfässern. Ansonsten liegen sie brach.

Die Luft ist kalt und muffig. Muller streift schwitzendes Gestein. Da und dort tropft es. Plong. Plong. Mit einem Mal steht er in einem größeren Gewölbe. Der Kegel der Taschenlampe bleibt an etwas Rotem auf dem Boden hängen.

Das ist doch einer dieser Zopfgummis, wie sie Tanie gelegentlich trägt. Mullers Herz schlägt schneller. Es gibt sie in vielen Farben und Mustern. Sie bindet ihn oft ans Handgelenk, um ihn griffbereit zu haben. Er hebt ihn auf und lässt ihn durch die Finger gleiten. Kein Zweifel, der gehört ihr.

Schlagartig überfällt Muller ein Schwindel. Das muss die Verletzung sein, denkt er, kauert sich auf die Erde und versucht, ruhig durchzuatmen. Er befühlt die Beule am Hinterkopf. Blut und Haare haben sich zu einem natürlichen Verband verkrustet. Es hilft nichts, er muss die Zähne zusammenbeißen.

Benommen rappelt er sich auf. Ob ihm Tanie mit dem Band einen Hinweis hinterlassen wollte? Er beginnt, die Wände zu untersuchen. Zentimeter für Zentimeter tastet er den kühlen Fels ab, bis er einen Unterschied spürt. Der Stein fühlt sich wärmer an. Leicht klopft er an die Stelle. Ein Brocken aus Holz oder fester Pappe steckt in der Mauer. Muller ruckelt an der kniehohen Attrappe. Sie lässt sich ohne Probleme lockern und beiseite räumen. Das Licht der Taschenlampe strahlt in einen zusätzlichen Stollen. Gebückt schlängelt er sich durch das Loch.

Tanie kann den Blick kaum von Edith Heim abwenden oder besser von dem, was von ihr übrig ist. Plong. Auf den Fotos im Internet hat sie ihre Ähnlichkeit mit dieser Frau wohl erkannt. In der jetzigen Situation fällt es ihr allerdings schwer, Parallelen zu ziehen.

»Warum sind wir hier, Herr Böhm? Weil sich Tanie und Ihre Mutter beinahe wie Zwillinge gleichen?«, forscht Kilian nach. »Haben Sie sich darum nicht sofort an Tanie herangetraut? Hatten Sie Angst vor ihr? Mussten deswegen erst ein paar andere sterben?«

»Showbusiness, Herr Rentzsch, davon verstehen Sie nichts«, urteilt Böhm. »Zirkusdirektorin Edith Heim wollte die perfekte Show. Und ich habe sie möglich gemacht.« Plong. Er greift zum Nagelapparat. »Und, Frau Rentzsch? Leer oder gefüllt?«

»Haben Sie keine eigenen Tricks? Müssen Sie sich bei Kollegen bedienen?«, traut sich Tanie zu fragen. »Die zersägte Jungfrau, der Taubentrick, das lebende Nadelkissen und jetzt …«

Mit einem Satz ist Böhm an ihrer Seite und drückt ihr den

Lauf der Nagelpistole an den Hals. »Anfangs studiert man die Meister.« Die Mündung spießt sich in ihre Kehle. Plong. »Leer oder gefüllt?«

»Ich weiß es nicht«, flüstert sie. Plong. In Gedanken sieht sie schon einen Nagel aus ihrer Luftröhre ragen.

Der Knall lässt die Trommelfelle vibrieren und betäubt die Ohren. Die Höhlenwände werfen das Echo hin und her.

»Sie Dreckschwein!« Außer sich vor Wut spuckt ihm Tanie ins Gesicht.

»Na, na«, weicht Böhm aus. »Wir haben uns doch einmal so gut verstanden. Erinnern Sie sich nicht mehr?«

Tanie atmet gehetzt und starrt auf den Boden.

»Aber ich bin ja gar nicht so.« Plong. Böhm montiert das Magazin aus der Pistole und legt es Tanie auf den Schoß.

»Lernen Sie die Reihenfolge auswendig, dann kann überhaupt nichts passieren.«

Mindestens fünf Minuten läuft Muller schon durch diesen Seitengang. Hier ist nichts außer Tunnel und wieder Tunnel. Nicht einmal das Tropfen ist zu hören. Ob ihn dieser Hurensohn gelinkt hat? Noch ein paar Meter, und wenn er dann nichts entdeckt, dreht er um.

Er macht sich Vorwürfe, Kilian angekettet zu haben. Aber vor allem hätte er zu Mittag bei Tanie vorbeischauen sollen. András, du bist ein *Dummlack*, denkt er. Sein Ärger über ihr Verhalten am Telefon hat genau gezeigt, wo er verwundbar ist. Lächerlich sein Gezeter, absolut kindisch, selbst wenn sie nicht gerade dabei gewesen wäre, den Täter zu entlarven.

Was versucht er sich mit seinem Verhalten zu beweisen? Dass Zweierbeziehungen bei ihm nicht funktionieren? Dass ihn keiner will? Weiter in der weinerlichen Rolle des leidenden Gesetzeshüters aufgehen? Ein Opfer der Umstände? Den Märtyrer spielen? Falls ja, ist er mit seinem Gehabe drauf und dran, das Ergebnis doppelt unterstreichen zu können. Quod erat demonstrandum. Hoffentlich ist es noch nicht zu spät, Tanie zu erklären, warum er sich derart dämlich benimmt und was sie ihm wirklich bedeutet. Wenn er sie doch endlich finden würde!

Ungewiss, wo der Gang hier noch hinführt. Muller leuchtet nach vorn in ein schwarzes Nichts. Er muss zurück. Mürrisch bricht er die Suche in diesem Teil des Labyrinths ab und tritt eilig den Rückweg an.

Leer, leer, voll, leer, voll, voll, voll, voll, leer, leer, voll, leer … Tanie ist verzweifelt. Das kann sie sich nicht merken. Nicht in dieser Menge. Nicht in so kurzer Zeit. Nicht in dieser Situation. Unmöglich. Vielleicht wenigstens das erste Dutzend?

Auch Kilian schielt konzentriert auf den langen Plastikstreifen und scheint sich die Sequenz einzuprägen, sieht aber nicht glücklicher aus. Plong.

»Das reicht!«, befiehlt Böhm und passt den Strang in das Nagellager ein. »So, Frau Rentzsch, jetzt liegt es allein bei Ihnen.« Mit Paketband verklebt er Kilians Mund. »Wenn Sie sich irren, haben Sie beim folgenden Schuss keine Wahl. Also vergessen Sie nicht! Keine Wahl beim nächsten Schuss!« Er zielt auf Rita Werners Hand.

»Voll oder leer?«

»Leer«, ist sich Tanie sicher.

Der Knall erfüllt den Raum. Die Hand ist unverletzt.

»Sehr gut, Frau Rentzsch. Und schnell weiter. Voll oder leer?«

»Leer.« Wieder donnert der Hall durch die Felsenkammer. Wieder bleibt die Gliedmaße verschont.

»Und nun?«

»Voll.«

Böhm richtet die Nagelpistole auf die Pritsche. Dröhnend fährt ein Nagel ins Holz. »Ein Mordsspaß! Das hat richtig

Pfiff!«, schwärmt er. »Dass es noch so vergnüglich wird, bevor für Rita im Parktheater der letzte Vorhang fällt. Also dann, Frau Rentzsch, vorwärts! Voll oder leer?«

Parktheater. Im Stadtpark. Kein Ausweg. Der neue Ablageort ist schon ausgewählt. Er hat nicht die Absicht, sein Opfer davonkommen zu lassen. Plong. Ekel und Abscheu erfassen Tanie. Wellen aus Würgereiz. Verflixt und zugenäht, sie muss sich konzentrieren. Wenn ich jedes Mal voll sage, sucht sie nach einem Aufschub. Ach nein, keine Wahl beim nächsten Schuss.

»Was ist Frau Rentzsch, wollen Sie mich austricksen?«

»Könnte ich das denn?«

Er lächelt.

»Leer.«

Rita Werner ist nur noch ein winselndes Etwas, doch auch diese Runde übersteht sie unbeschadet. Böhm blickt fragend zu Tanie, doch sie weiß beim besten Willen nicht, wie es weitergeht. Plong.

Kilian beginnt, ein Lied zu summen. Abgehackte knappe Töne. Stakkato. Das heißt bestimmt stopp.

»Voll.«

»Da hatten Sie Hilfe, Frau Rentzsch«, bedauert Böhm. »Jammerschade. Das kann ich nicht gelten lassen. Tut mir leid! Aber so sind die Spielregeln.«

Er setzt die Nagelpistole auf Rita Werners Handrücken und drückt ab.

Endlich erreicht Muller den Durchlass in der Mauer zum Gewölbe. Angestrengt horcht er in die Dunkelheit. Das Tropfen ist zurück. Plong. Er setzt den Weg fort, den er vorhin unterbrochen hat.

Nach wenigen Schritten stößt er auf ein Eisentor. Es besteht aus doppelten Flügeln, die verrostet in den Angeln hängen. Sie stehen nicht weit genug offen, um sich durchzuzwängen. Muller reißt und rüttelt an der Gittertür. Es quietscht in schneidenden Tönen, als sie nachgibt. Der Schall hastet den Gang entlang.

Auf der anderen Seite verengt sich der Stollen und wird niedriger. Muller muss seinen Rücken beugen. Die Bandscheiben rebellieren. Er schüttelt missmutig den Kopf. Dabei schießen die Stiche im Schädel bis in die Kiefer. *Kreiz Dunnerwatter!* Wie ein Wrack ist er unterwegs. Böhm wird ihn auslachen, wenn er ihm seine Rechte vorlallt, mehr tot als lebendig, vor Schwäche kriechend, halb besinnungslos. Erst auslachen und dann wegpusten. Wenigstens ist er noch nicht so vergesslich, seine Dienstwaffe eingesteckt zu haben. Er angelt die Heckler & Koch aus dem Halfter, prüft das Magazin und legt den Sicherungshebel um. Mit der Neunmillimeter im Anschlag pirscht er weiter. Plong.

Auf einmal ermüdet der Strahl der Taschenlampe und geht aus. *»Meisdrack, geriehrter«*, schimpft er. »Zehn Leuchtmodi, Stroboskop, fokussierbar, dimmbar, wasserfest, dreihundert Meter Reichweite und wenn's ernst wird, die Grätsche machen.« Muller klopft mit dem Alugehäuse an den Fels. Aber es bleibt finster.

Nicht aufgeladen, flüstert eine kleine Stimme. »Ja, ja, die Parodie eines Kommissars, marode, trottelig und kurz davor, um Hilfe zu rufen«, grantelt er.

Was war das? Zwischen zwei Tropfen, ein Geräusch in der Stille. Rums. Und gleich danach ein heulender, klagender Laut. Ein Schrei!

Aus dem Handrücken wächst ein Stahlnagel. Seine Kopfscheibe steht einen Spaltbreit über der Haut. Ringsum hat sich ein Blutwall gebildet, der dicker wird, sich aufbläht und den Ernst der Situation auf groteske Weise unterstreicht. Plong.

Kilian starrt auf den Nagel. Reglos. Seine Augen trüben sich, verlieren die Farbe.

Tränen bahnen sich einen Weg auf Tanies Wangen. Sie ist bestürzt, wagt kaum zu atmen.

Rita Werners entsetztem Aufschrei war ein Fausthieb Böhms gefolgt. Jetzt stiert sie mit ausdruckslosem, fast irrem Blick vor sich hin. Plong. Ihr Haar ist wirr, der Mund aufgesperrt. Ein Speichelfaden glitzert im Licht. Plong.

»Sie hätten besser aufpassen sollen, Frau Rentzsch! Dann bräuchten Sie keine Hilfe. Das wäre nicht nötig gewesen. Aber Sie lagen ja nicht falsch, also entscheiden Sie diesen Durchlauf.« Er mustert sie mit geneigtem Haupt und schiefem Lächeln, als habe er wenig Vertrauen in den kommenden Tipp.

»Voll.«

Böhm staunt. »Im Ernst? Denken Sie an die bedauernswerte Rita! Ein Patzer und Sie setzen eine Runde aus.« Plong.

»Voll«, wiederholt sie.

Er peilt die Pritsche an und drückt den Abzug durch. Mit einem berstenden Schlag dringt der Nagel in die hölzerne Fläche. Rita Werner wimmert leise.

Tanie zögert. Was soll sie sagen? Was nur? Sie geht die Sequenz durch. Mit leer fing es an. Ja, richtig. Leer, leer, voll, leer, voll.

»Wenn Sie schweigen, liebe Frau Rentzsch, übernehme ich die Regie.« Er lässt offen, was das genau heißt.

»Leer.«

Böhm setzt die Pistole hinter Rita Werners Handgelenk, dorthin wo sonst die Armbanduhr sitzt. Sein Zeigefinger krümmt sich am Abzug. Der krachende Laut hallt zwischen den Felswänden. Spitzer Stahl bohrt sich ins Fleisch. Das rote Rinnsal zeichnet eine Schlangenlinie auf die Haut und tropft auf die Liege.

»Gott sei's geklagt, da haben Sie sich vertan. Sie wissen, was das für die gute Rita bedeutet.«

Der Pistolenlauf wandert zehn Zentimeter Richtung Ellenbogen. Ein peitschender Schuss. Erneut gräbt sich ein eiserner Dorn durch Muskeln und Knochen. Plong. Rita Werner ist ohnmächtig geworden. In diesem Moment hat Kilian die Fesseln durchtrennt. Mit einem Sprung ist er auf den Beinen und wirft sich auf Böhm. Tanie versucht das Taschenmesser zu erreichen, das an dem Platz liegt, wo ihr Bruder saß.

Kilian und Böhm wälzen sich rangelnd am Boden. Und abermals erschüttert ein Donner den Raum.

Düsternis. Muller tastet sich voran. Der Ort, wo der Schrei herkam, kann nicht allzu fern sein. Plong. Der Stollen biegt nach links ab. Muller macht einen dünnen Lichtschein aus. Stimmen sind zu hören. Er nähert sich auf Zehenspitzen. Noch eine Eisentür. Angelehnt. Dann ein dumpfes Dröhnen, wie ein platzender Reifen. Wo bleiben die Kollegen?

Es gilt, keine Zeit mehr zu vertrödeln. Muller muss da rein. Er späht durch den Türspalt. Geräuschlos lässt er sich ein Stück aufschieben, weit genug, um durchzuschlüpfen.

Mit einem Satz steht er in einem dämmrigen Vorraum. Hinter einer Biege wird es heller. Von dort dringen Laute zu ihm, die nach einem Kampf klingen. Er huscht vorwärts, die Waffe entsichert.

Der Weg führt in einen felsigen Raum. Auf einer Pritsche liegt eine ältere Frau. Ihre linke Hand blutet stark. Kilian ringt mit Böhm. Tanie sitzt abseits an der Felswand. Sie wirkt unverletzt.

»Hände hoch, Polizei!« Aus Sorge vor einem Querschläger verzichtet er auf einen Warnschuss.

Das kämpfende Knäuel löst sich auf. Muller hat Böhm im Visier.

»Runter auf die Knie«, befiehlt er.

Doch Papa Tod wendet sich blitzschnell dem Ausgang zu, versucht zu fliehen, läuft direkt auf Muller zu. Nach ein paar Schritten stolpert er über einen Stein, der aus einer Mulde ragt, und der Kriminalbeamte hat leichtes Spiel.

Kilian schneidet Tanies Fesseln durch. Sie reibt ihre Handgelenke und ist unmittelbar darauf an Rita Werners Seite.

»Wir brauchen einen Arzt!«

»Die Kollegen müssen jeden Augenblick hier sein. Draußen wartet bestimmt auch ein Krankenwagen.«

»Wollen Sie mir keine Handschellen anlegen, Herr Kommissar?«, spottet Böhm.

»Hätte das einen Sinn?«, fragt Muller zurück.

Er feixt. »Probieren Sie's doch aus.« Plong.

»Ach, wissen Sie, ich vertraue da lieber auf eine …« Mit diesen Worten holt Muller aus. »… eine bewährte Ohnmacht.« Er schlägt Böhm gezielt bewusstlos. »Touché«, flüstert Muller. Seine Faust heult auf, doch das schmelzende Grinsen ist die Qual wert.

Wenige Sekunden später prescht das Einsatzkommando in die Höhle.

»Besser?«, sorgt sich Muller.

»Ein bisschen«, antwortet Tanie an seine Schulter gelehnt.

»Rita Werner hat Glück gehabt. Die Verletzungen sind zwar gravierend, was ihren Arm betrifft, aber nicht lebensbedrohlich.«

»Wir haben alle Glück gehabt. Und dich haben sie auch verarztet«, stellt Tanie fest und lässt ihre Finger behutsam über den Verband auf Stirnhöhe gleiten. »Würde dir gern eine Feder in dein Stirnband stecken, Geronimo, aber ich habe keine parat.«

Die beiden stehen in der Manege und beobachten, wie die Beamten Ordnung schaffen. Ein Mitarbeiter der Spurensicherung trägt Edith Heim in ihrem Koffer hinaus.

»Was meinst du?« Sie verbirgt ihr Gesicht an seinem Hals. »Warum sehe ich ihr wohl so ähnlich?«

»Zufall, Tanie, reiner Zufall. Doppelgänger sind keine Seltenheit.« Er streichelt ihre Wange und denkt an ihr letztes Telefonat. »Im Übrigen habe ich mich wie ein Vollidiot benommen«, gibt er zu. »Ich bin der größte ...«

Tanie legt ihm den Zeigefinger auf die Lippen. »Bitte keine Selbstüberschätzung, Andy Muller!«

Er fasst nach ihrer Hand. »Ich kann es dir nicht verübeln, wenn du mich ausmustern willst. Ich ...«

Sie verschließt seinen Mund mit einer Salve aus Küsschen.

»Stör ich?« Kilian kommt dazu.

»Bei Ihnen muss ich mich auch entschuldigen. Ich hätte Sie nicht anketten dürfen.«

»Ach wissen Sie was, Muller? Schwamm drüber. Sie haben ja immer noch befürchtet, ich wäre doch irgendwie in die Sache verwickelt. Stimmt's?«

»Vielleicht«, räumt er ein.

»Herr Muller«, meldet sich ein Wachmann im Vorbeigehen, »wir haben den zweiten Ausgang entdeckt. Draußen im Garten, in einem der Büsche.«

»Danke. Dachte ich mir's doch.«

»Chef?« Vom Innenbalkon ruft ihn Brans zu einem Zimmer im ersten Stock.

Muller küsst Tanie flüchtig, dann nimmt er zwei Stufen gleichzeitig.

»Gucken Sie doch mal, was wir hier haben.« Brans öffnet die Tür in einen technisierten Raum. Computer, Kameras, Kabel, verschiedene Monitore in Wandschränke eingepasst.

»Was ist das?«

»So was wie ein Filmstudio, Chef.«

»Filmstudio? Wofür?«

»Er hat die Frauen per Kamera observiert.« Er schaltet ein

Gerät ein. Über einen der Screens flimmert ein Bild. Die KTU bei der Arbeit im Verlies.

»Hat er auch aufgenommen?«

Brans knipst den nächsten Schirm an. Es flackert. Muller erkennt in einer unnatürlichen schwarzweißen Nachtaufnahme zwei Frauen. Mit glühenden Augen wie die der Kinder in Midwich, dem *Dorf der Verdammten*, tastet Tanie die Höhlenwände ab. Sie greift nach einer Froschlampe, die in einer Ecke hängt.

Links davon muss der Holzschemel stehen, liest Muller von Rita Werners Lippen. *Den nehmen wir auseinander*. Mit Schwung knallt Tanie den Hocker an die Felswand.

»Kontinuierlich und automatisch aufgezeichnet.« Brans drückt die Vorwärtstaste. Tanie und Kilian sitzen gefesselt im Bunker und Böhm hantiert mit der Nagelpistole.

Muller überflutet eine Übelkeit. Er stellt sich vor, wie Papa Tod die Auftritte seiner Opfer filmisch festgehalten hat. Die zersägte Jungfrau. Den Taubentrick. Das lebende Nadelkissen. Er hofft inständig, dieses Material nicht sichten zu müssen. Horrorstreifen, in denen Luzifer persönlich Regie geführt hat. Ein infernales Tagebuch in bewegten Bildern.

Brans nickt, als könne er Gedanken lesen. »Es ist alles hier.« Er weist auf einen Zettel, der an ein Regal geheftet ist. »Eine Nachricht von Böhm: ›Sie finden jedes einzelne Schauspiel unter *Bühne frei*, Herr Muller. Erleben Sie das einzigartige Debüt von Julia Schneider, Sandra Berg, Waris Okoro und Bettina Fischer. Machen Sie's sich bequem und genießen Sie die perfekte Show. Ich garantiere, Sie werden Ihre Freude haben.‹ «

Die Datei enthält offenbar den gesamten Tathergang der vier Morde. Muller holt tief Luft. Wie kommt dieses Monster darauf, diese Revue des Schreckens wäre nach seinem Geschmack? Eine höllische Zugabe hat sich Böhm da ausgedacht!

Wortlos dreht er diesem Schauplatz den Rücken. Er sieht

Tanie in der Manege warten. Die KTU ist dabei, an einem wuchtigen Apparat Spuren zu sichern. Eine Gerüstkonstruktion aus Eisen mit Kurbel und Schraubenwelle. Spikes sitzen auf einer flexiblen Tafel. Die Variante der eisernen Jungfrau.

Gerade bergen Mitarbeiter ein weiteres Gerät. Ebenso wie das Dornenkabinett war es in der Oberbühne verstaut und zwischen Laufstegen und Zugeinrichtungen praktisch von der Bildfläche verschwunden. Sie lassen es an einem Stahlseil herunter. Die Szenerie spiegelt sich in einem polierten Beilblatt mit abgeschrägter Schneide.

Betroffen blickt Muller zu Tanie. Der Duft nach Sägespänen ist verflogen. In sämtlichen Winkeln riecht es nach Tod und Verwesung. Er muss hier weg, am besten sofort.

Neben Tanie tritt er in den Morgen hinaus. Der Tag leuchtet mit einer Selbstverständlichkeit, die sich nicht anzweifeln lässt.»Wie in *Gaslicht*, oder?«, fragt er.

»Ja, ›wenn die Sonne aufgeht, glaubt man oft nicht, dass es eine Nacht gegeben hat‹ .«

»Darf ich dich noch einmal zu mir einladen?«, formuliert er in freier Anlehnung an den Thriller.

»Lass uns keine Minute vergeuden. Emma wartet.«

»Was ist denn?«, murmelt Muller im Halbschlaf. Etwas Kaltes, Feuchtes liegt auf seinem Mund. Wie die schleimigen Parasiten aus *Alien*. Aber es ist nur Emmas geliebtes Latexhuhn, Fräulein Hilde. Sie deponiert es morgens auf seinem Gesicht, nachdem sie es ordentlich eingespeichelt hat. Er hat es schon versteckt. Ohne Erfolg. Das schwabbelige Fräulein Hilde ist ein gnadenloser Wecker. Es passt zu den Hühnern der Witwe Bolte, wie sie leblos am Apfelbaum hängen. Er wirft den Vogel auf den Boden, während er Tanie im Arm hält. Seine Uhr zeigt kurz nach elf. Die Sonne scheint. Das Grauen von gestern ist Geschichte.

Emma leckt seine Hand und schaut tadelnd. Hat bestimmt

die Windeln voll, vermutet er. Hatte ihn geduldig schlafen lassen nach den schlimmen Vorfällen, bis es sich nicht mehr hinauszögern ließ. »Na dann, altes Mädchen, gehen wir mal unseren Geschäften nach.«

Er bettet Tanie behutsam in die Kissen und deckt sie zu. Nackt und mit einem Anflug von Schwindel steht er im Zimmer und sucht seine Sachen zusammen. Er strafft die Binde über seiner Wunde und gibt Tanie einen sanften Kuss auf die Nasenspitze. »Bin schnell mit dem Hucosch draußen«, flüstert er.

Sie streckt sich in den Laken. Nur noch ein viertel Stündchen dösen. Im Dämmerschlaf drängen sich Traumfetzen in ihr Bewusstsein. Böhm. Der Koffer. Scharfe Fesseln. Das Tropfen. Ein Schrei. Mit einem Ruck ist sie wach. Sie spürt die Bettwäsche, riecht einen Hauch von András' Bartpflege. Ihre Lider fallen zu. Alsbald gleitet sie in den nächsten Traum. Edith Heims Kopf, wie er sich mit ihrem im Kreis dreht und eins wird. Böhms schallendes Lachen. Sie windet sich und strampelt unter der Decke. Das Knallen der Nagelpistole weckt sie. Tanie stöhnt. Es wird noch eine Weile so weitergehen. Das weiß sie schon seit dem Vormittag im Waldtheater.

Ihr Blick streift die Schlafzimmermöbel, die Tapeten, die Fenster. Ein wärmender Sonnenstrahl ruht auf ihren Füßen. Endlich ist dieser Horror vorbei. Kilian ist entlastet. Für sie war ohnehin klar, er schlachtet keine Frauen ab. Und András? András und sie? Tanie lächelt. Gut fühlt es sich an, sehr gut sogar.

Räkelnd schiebt sie das Plumeau fort und klettert aus dem Bett. Die Dusche läuft. Mit einem Leintuch bekleidet tippelt sie ins Bad nebenan. Hinter den satinierten Scheiben der Duschwand sieht sie Bewegung. Ob András Hilfe beim Einseifen braucht? Sie wird ihm einen Besuch abstatten. Übermütig fasst sie die Schwingtür am Knauf und zieht den Flügel langsam zu sich heran.

»So, Mademoiselle.« Muller knistert mit der Tüte Hundekuchen und wartet auf Emma, die noch im Korridor herumschnuppert. »Was machst du denn da hinten? Hast du heute keinen Hunger?«

Vom Rascheln angezogen, trabt sie in die Küche und schaut erwartungsvoll. Er liebt den Ausdruck dieser Hundeaugen und bedauert, dass die Tage gezählt sind, bis er die Hündin an Fischers zurückgeben muss. Drei Taler angelt er aus dem Beutel. »Reinigt die Zähne und stärkt die Kiefer, junge Dame.« Auf eine Fläche der Kekse ist eine Pfote geprägt. Sie erinnert ihn an Böhms Zirkusemblem. Es knackt, als der Hucosch den Kräcker in der Mitte durchbeißt.

Nachdem Muller Emmas Trinkwasser erneuert hat, guckt er ins Schlafzimmer. Das Bett ist leer.

»Tanie?«, ruft er ins Wohnzimmer. Auch hier ist sie nicht. »Wo hast du dich versteckt, meine Süße? Warte nur, ich finde dich schon.«

Die Tür zum Bad ist angelehnt. Davor trifft er auf nasse Fußtapser. »Ich komme jetzt rein, mein Schatz. Noch ist Zeit, intime Stellen abzudecken.« Behutsam drückt er die Tür einen Spalt auf und reckt die Nase dazwischen, im Glauben, ein Handtuch an den Kopf zu kriegen. Dann tritt er mit einem beherzten Satz in den Raum.

»Hab ich dich end…« Ihm bleibt das Wort im Hals stecken. Die Duschwand ist zersplittert, der Fliesenboden übersäht mit Scherben und Blutstropfen.

Was in drei Teufels Namen ist hier passiert? Muller ist geschockt. »Tanie?« Er rennt rufend durchs Treppenhaus und auf die Straße hinaus. »Tanie!« Nichts.

Im Schlafzimmer liegen ihre Kleider einschließlich Handy. Hat sie sich verletzt und ist nackt oder nur mit einem Handtuch hinausgehastet, vielleicht in Panik?

Er ruft bei Kilian an. Doch er hat nichts von ihr gehört. Er mache sich unverzüglich auf die Suche, versichert er und klingt beunruhigt. Muller erkundigt sich bei der zentralen Notaufnahme in der Röntgenstraße nach Tanie und kürzlich eingelieferten Unfällen. Auch dort keine Spur.

Was hat das zu bedeuten? Das ist doch unmöglich! Emma und er schauen sich an. Wieder greift er zum Telefon.

»Böhm hatte gestern Abend einen Kollaps. Herzanfall oder so was in der Art«, quäkt Brans durch die Strippe. »Jedenfalls mussten wir ihn ins Krankenhaus bringen. Der lag bewusstlos in seiner Zelle, kein Puls mehr.«

»Bewachung?«

»Lückenlos, Chef. Hab ich selbst veranlasst. Die Kollegen haben die Sache vor Ort im Griff«, beruhigt er ihn. »Ihm wurde ein Einzelzimmer zugewiesen. Zweite Innere Abteilung. Nummer 5912.«

Muller legt auf und wählt erneut den Anschluss der Helios Kliniken.

»Ja, Herr Kommissar, Dietrich Böhm ist Patient in unserem Haus, Station 59. Er ist außer Lebensgefahr. Mehr Informationen kann Ihnen der behandelnde Arzt geben.«

Kein Puls, dröhnt es hinter seiner Stirn, kein Puls. Den Herzschlag anhalten – ist das nicht ein Element aus der Trickkiste der Magier? Eine besondere Atemtechnik, Yoga oder sonst ein Kniff. Hat nicht Jabot etwas in die Richtung erwähnt? Ein Gegenstand, unter die Achsel geklemmt, unterbricht den Blutfluss? Somit schaltet sich schon mal der Puls am Handgelenk aus? Natürlich hat er das gesagt!

Muller jagt mit Emma zu seinem Auto. In zehn Minuten wird er mehr wissen. In solchen Fällen wünscht er sich ein mobiles Blaulicht mit Einsatzhorn. Heute muss es ohne gehen. Er schleudert seinen Verband auf den Rücksitz, drückt das Gaspedal durch und treibt die Tachonadel auf achtzig Stundenkilometer. Der Strich-Acht heizt die Forststraße entlang, vorbei am Heiligen Georg und am Neustadtplatz, über die Elster, die Hofer Straße bis Rinnelberg, Bismarckstraße, Reichenbacher. Endlich hat er die Röntgenstraße erreicht. Für dringliche Situationen hat er ein Schild im Handschuhfach: »Einsatzfahrzeug Kripo Plauen« mit der Kopie seines Dienstausweises. Er wirft es auf das Armaturenbrett und entsinnt sich der Szene, als Tanie die gewagte Hypothese vom Stapel ließ, er sei nur Polizist, um seine Parkplatzprobleme zu lösen.

Eilig verlässt er den Wagen und steuert auf den Eingang zu. An der Rezeption lässt er sich den Weg zur zweiten Inneren Abteilung zeigen. Kurz darauf steht er vor Zimmer 5912, wo zwei Beamte auf ihren Posten ausharren. Gut gemacht, Brans, lobt er im Stillen.

»Alles in Ordnung, Herr Muller. Wir sehen jede Viertelstunde nach ihm. Schläft wie ein Murmeltier.«

Muller hat ein ungutes Gefühl. Ein böser Druck im Magen, wie wenn er das Zahlen einer wichtigen Rechnung verschwitzt hat und sein Konto ins Minus sinkt.

Er betritt den Raum. Böhm liegt auf der Seite mit Blick zum Fenster gegenüber, den Rücken zur Tür gewandt. Sein linker Arm ruht auf der hygieneweißen Decke. In der Armbeuge steckt ein Venenkatheter, verbunden mit einem transparenten Schlauch. Muller verfolgt die Kurven des dünnen Plastikkanals bis zu einem Gestell mit hängender Flasche. Doch in der Tropfkammer tut sich nichts. Offenbar ist die Infusion abgeklemmt. Leise geht er ans Fußende des Bettes.

»Böhm?«, flüstert er. »Sind Sie wach?«

Im selben Moment rutscht der Arm mit der gesetzten Infusionsnadel aus seiner Stellung und kippt baumelnd über den Bettrand, ohne dass ihn Böhm korrigiert.

Dammisch, denkt Muller, der ist tot! Er läuft auf den Gang, um Hilfe zu holen.

Im Handumdrehen drängt sich ein Team aus Weißkitteln um den Notfall. Während sie Böhm in Rückenlage drehen und sein Hemd hochrollen, um die Wiederbelebung einzuleiten, betrachtet Muller die flache Stirn des Kranken, den Wald aus Brauen, die Nase mit den breiten Flügeln und die Lippen, die bloß ein Strich sind. Ein Gesicht, das er noch nie im Leben gesehen hat.

Kilian sucht ganz Meßbach nach Tanie ab. Danach fährt er in die Chamissostraße. Rotweiße Flatterbänder trennen den Gehweg von der Haustür und dem Zugang zum Garten. Er parkt den Wagen und geht zögernd auf das Gebäude zu.

Was will er in diesem Viertel? Böhm sitzt hinter Gittern. Wieso sollte Tanie hier sein? Erklären kann er es nicht. Aber da ist ein intuitiver Drang, der ihn in dieses Haus lockt. Geradezu magnetisch.

Allmählich nähert er sich dem Portal, einem breiten Doppeltor. Er hebt die Warnleine und kriecht darunter hindurch. Die Geschehnisse im Bunker zwängen sich in seinen Sinn. Was, wenn er sich nicht hätte befreien können? Was, wenn Muller sie nicht gefunden hätte?

Mit wenig Hoffnung auf Erfolg drückt er die Klinke hinunter. Doch die Tür gibt nach. Ist es üblich, einen Tatort unverriegelt zu lassen? Da fällt ihm das zerrissene Siegel auf, das noch vor Stunden beide Flügel verbunden haben musste. Er sollte Muller Bescheid geben. Ein Rumpeln stört den Gedanken. Es ist deutlich zu hören. Tanie? Entschieden, aber leise schiebt er die Tür auf.

Mit einem Schritt erreicht er den Wandelgang. Der mächtige schwarze Vorhang, der die Manege verschleiert, ragt in den Himmel. Ein zarter Windstoß weht die Vorhangteile einige Zentimeter auseinander. Dahinter ist es hell. Irgendwas bewegt sich dort. Dann schließt sich die Portiere wieder.

Einbrecher? Neugierige, die sich einen Jux erlauben? Oder etwa Böhm? Könnte das sein? Ist er geflohen? Wie sollte er das geschafft haben? Oder bloß Ermittler der Polizei bei der Arbeit? Plötzlich setzt Musik ein. Der Zirkusmarsch, wenn er sich nicht täuscht. »Einzug der Gladiatoren« von Julius Fučík. Mit bebenden Fingern teilt er das Gewand der Manege und sieht durch den Schlitz.

Auf einem Podest, unter dem sich Reisig häuft, steht Tanie. Wie an einem Marterpfahl ist sie festgebunden. Ein Knebel steckt in ihrem Mund. Böhm umkreist sie, zieht mit der Hand an einem Seil. Ein Stoffzylinder entfaltet sich. Er umfängt den Scheiterhaufen wie eine Röhre und wandert langsam von unten nach oben. Aber da ist noch etwas, das Kilian erbleichen lässt. Es trifft ihn wie ein Felssturz. In der anderen Hand hält Böhm eine lodernde Fackel.

Muller sitzt im Auto. Emma thront neben ihm. Er hat vergeblich versucht, Kilian zu erreichen.

»Ist mir ein Rätsel, wie der das gemacht hat, Chef«, dringt Brans' Stimme aus dem Lautsprecher.

»Mir nicht«, behauptet Muller.

»Wo hat er denn so schnell einen Toten aufgetrieben? Und wie hat er den in sein Krankenzimmer verfrachtet?«

»Den hat er sich in der Leichenhalle beschafft«, scherzt er. »Quatsch! Der ist ihm serviert worden. Spazierte gewissermaßen ins offene Messer. Der Tote ist der behandelnde Oberarzt Doktor Stiebler. Genickbruch.«

»Und das soll keiner gemerkt haben?«

Muller lässt diesen Aspekt unbeantwortet, um ihn nachwirken zu lassen. Dann stellt er eine Gegenfrage: »Sind die Wagen nach Meßbach unterwegs?«

»Müssten fast dort sein, Chef. Ich bin auch schon beinahe am Abzweig Thiergarten.«

»Wissen Sie was?« Muller stoppt in der Klemmstraße Richtung Meßbach und wendet den Mercedes. »Ich fahre in die Chamissostraße.«

Heftig reißt Tanie an ihren Fesseln. Die Stoffhülle steigt empor und verdeckt immer mehr von ihrem Körper. Sie hat sich bereits bis auf Taillenhöhe entfaltet.

Kilian starrt auf die Fackel. Ein Gurt umklammert seine Brust, drosselt seinen Atem. Die Schreie sind wieder da. Die lähmende Furcht. Das Feuermeer. Der Rauch. Madison. Ihre Finger zwischen seinen. Weich. Kalt. Er packt sie, doch er kann sie nicht halten. Ihre Nägel graben sich in seine Haut. Ein Sog zerrt sie weg. Flammen spiegeln sich in ihren Augen. Verwunderung. Unglaube. Schock. Sie schwimmt, versinkt in der Menge, in lebendigem Treibsand. Er muss sie erreichen. Er muss! Ein Ellenbogen trifft seine Nase. Taumeln. Kriechen am Boden. Tritte. Schläge. Er ruft ihren Namen, kämpft sich hoch, ringt nach Luft. Husten. Lärm. Hitze. Madison! Wo ist sie? Wo?

Menschen klemmen wie ein riesiger Pfropf in der Eingangstür. Sie brüllen vor Schmerz, vor Grauen, vor Verzweiflung, vor Todesangst. Jemand schleift ihn zur Seitentür. Er wehrt sich, will zurück. Madison! Madison! Madison.

Böhm steuert auf Tanie zu und holt den Knebel aus ihrem Mund. »Sie haben nicht viel Text, Frau Rentzsch. Aber Ihr Heulen und Jammern sollte schon zu vernehmen sein. Das gehört zur Show.«

Einzig ihr Kopf ist noch zu sehen, als Böhm die Fackel an den Fuß des Sockels hält. In der nächsten Sekunde entzünden sich Reisig und Stoff. Flammen fressen sich durch die Fasern. Sie klettern in rasantem Tempo nach oben. Im Nu umgibt Tanie eine Feuersäule, aus der es kein Entrinnen gibt.

Die Hilferufe seiner Schwester rütteln Kilian auf und ziehen ihn in die Gegenwart. »Tanie!« Ein Schwall aus Trotz und Widerstand brodelt in seinem Inneren. Auf einmal setzt er sich in Bewegung. Er beobachtet, wie seine Beine voranschreiten, wie ein Schritt dem anderen folgt, wie er sich mit einem Sprung auf das flackernde Tuch stürzt und es herunterreißt. Die Glut beißt sich mit scharfen Krallen in seine Handflächen und die Angst droht seinen Schädel zu sprengen. Dennoch rudert er beharrlich mit den Armen und fegt das Reisig in alle Richtungen, bis plötzlich das Feuer nur noch eine heiße Gasmasse ist. Sein Schrecken verbrennt mit den Zweigen. Die Panik ist verschwunden. In kleinen Schären glimmen die Brandreste vor sich hin.

Er sieht sich nach Böhm um. Der steht einen Steinwurf entfernt und richtet jetzt die lodernde Keule auf den unerwarteten Gast seiner Show. In Kilian löst sich eine Welle aus Hass, Wut und Trauer. Er schießt auf Böhm zu und stiehlt dem Verdutzten die Fackel aus der Faust. Ein paarmal schlägt er mit dem glühenden Knüppel auf Böhm ein. Bis dieser sich aufrappelt und davonläuft.

Kilian ertränkt die Flammen im Sägemehl. Gleich darauf ist er bei Tanie, öffnet die Stricke an Handgelenken und Knöcheln. »Ich konnte nichts dafür, Tanie.« Er drückt sie an sich. »Sie haben mich nicht mehr reingelassen. Haben mich mit Gewalt gestoppt, haben mich zurückgehalten.«

»Ich weiß, du hattest keine Schuld. Ganz gewiss nicht!«

Endlich ist es heraus. Er lastete sich Madisons Tod an, glaubte, verantwortlich zu sein für die Tragödie. »Alles wird gut. Alles gut«, wiederholt er. Erstmals nach Jahren ist er tatsächlich davon überzeugt.

Emma und Muller hetzen in die Manege. Schwaden von Rauch, schwelende Äste, ein verkohltes Stück Stoff um ein Metallskelett, wie die abgestürzte Hindenburg.

Kilian zeigt zum Sattelgang, durch den Böhm geflohen ist.

Beide sind unversehrt, registriert der Kommissar kurz und nimmt die Verfolgung auf. Emma jagt bellend an ihm vorbei und klettert die Stiege aus Gitterrost zum Schnürboden hinauf. Es ist mühsam, der dünne Stahl schneidet in ihre Pfoten, aber sie gibt nicht auf. Muller eilt ihr mit gezogener Dienstwaffe nach.

Eine Tür begrenzt die schmale Treppe. Emma macht Halt und knurrt.

»Platz!«, befiehlt Muller und spricht besänftigend auf die Hündin ein. »Brav, Emma, brav.« Er zieht das Tor auf. Es quietscht in den Angeln. Hinter dem Einlass ermöglicht eine Spindeltreppe den weiteren Aufstieg. Der verblendete Treppenturm verhindert die Sicht nach oben. Nicht nur der Schnürmeister blieb so ungesehen, auch die Luftakrobaten gelangten diskret zum Trapez.

»Jetzt haben wir dich«, murmelt er. »Du sitzt in der Falle.« Er sieht Emma energisch an und flüstert, »Du rührst dich nicht! Auch wenn du persönlich mit dem Kerl noch ein Hühnchen zu rupfen hast.«

Sie winselt leise.

»Gutes Mädchen!«

Es ist dämmrig. Muller steigt die gefächerten Stufen empor, aufs höchste gespannt, die Mündung der Heckler & Koch zur Decke gerichtet. Noch eine Windung und noch eine. Vorsichtig blinzelt er um die nächste Biegung. In etwa zwölf Meter Höhe öffnet sich der Treppenturm. Unter einem System aus Laufstegen und einer Beleuchtungsbrücke, zweigt ein Zwischenboden ab. Böhm steht auf einer Plattform am äußersten Ende des Ganges. Dort, wo die Artisten auf fliegender Schaukel dem Plauener Publikum die Figuren Vogelnest und Halber Engel darboten.

»Nehmen Sie die Hände hoch, die Show ist zu Ende.«

Böhm dreht sich wie in Zeitlupe zu Muller und verzieht sein Gesicht zu einem Grinsen.

»Haben Sie nicht gehört, Böhm, Hände hochnehmen und hinknien!«

Allez hopp, Herr Kommissar. Tonlos bewegt Böhm die Lippen. *Sie kriegen mich nicht! Sie sind nicht clever genug!* Er wendet sich der Manege zu.

»Böhm! Bleiben Sie, wo Sie sind! Rühren Sie sich nicht von der Stelle!«, schreit Muller, der jedes Wort der stummen Nachricht verstanden hat.

Kilian und Tanie schauen zum Schnürboden und sehen Böhm am Rande des Plateaus schwanken.

In derselben Sekunde sprintet ein Trupp Polizeibeamter in die Arena, angeführt von Bernhard Brans. Sie bemerken die Vorgänge in der Oberbühne und verharren mitten im Lauf.

Böhm lacht, als erfreue er sich an den Zuschauern. »Willkommen im Zirkus der Illusionen! Erleben Sie ein fulminantes Finale!« Er breitet die Arme aus, stößt sich ab und springt kopfüber in die Tiefe.

Für einen Moment ist es totenstill. Nichts existiert, außer diesem Flug, dieser Reise aus der Dachkrone in die Ewigkeit. Er segelt wie ein Papierflieger nach unten. Sanft und anmutig.

Ein dumpfes Ploppen ist zu hören, als sein Körper hart auf den Holzboden schlägt. Die Odyssee hat ihren Schlusspunkt erreicht. Schnell tränken sich die Sägespäne mit Blut und die Luft mit dem Geruch des Todes.

7

»Und? Glaubst du es jetzt?«, fragt Muller. Er verlässt mit Tanie die Pathologie, wo Böhms sterbliche Reste untergebracht sind, bis sich ihm ein Bestattungsinstitut widmet. »So einen Sturz überlebt doch keiner.«

»Sein Gesicht ist total unkenntlich«, gibt sie zu bedenken. »Habt ihr mit seinem Zahnarzt gesprochen? DNA analysiert? Fingerabdrücke verglichen?«

»Tanie!« Muller muss grinsen. »Wir alle haben gesehen, wie Papa Tod aus stattlicher Höhe mit dem Schädel voran in die Manege geknallt ist.«

»Nicola, Houdini, Selbit, Copperfield, Penn & Teller. Soll ich fortfahren? Millionen von Zuschauern! Erzähl mir nichts von wegen ›wir alle haben es gesehen‹ .«

»Okay. Aber das hier war keine Bühnensituation, kein doppelter Boden, kein Spiel mit Licht und Schatten, kein ...«

»András Muller, das war ein Heimspiel!«

Da hat sie nicht ganz unrecht. Er denkt an Böhms lautlose Message. »Gut, graben wir den Zahnarzt aus.«

»Ach, spar dir das«, seufzt sie. »Böhm hätte mit Sicherheit die Krankenakten getauscht. Das Nachprüfen von Fingerabdrücken und DNA taugt nur, wenn verlässliches Material zum Vergleich vorliegt.«

»Du hast allerhand Fantasie.«

»Ich warne dich, fang gar nicht erst an, dich lustig zu machen«, droht sie.

»Was schlägst du also vor?«

»Rufen Sie mich an, wenn die nächste Frau verschwindet?!« Mit diesem Spruch wendet sie sich ab und lässt ihn stehen.

Der Satz klingt ihm auf unangenehme Weise vertraut.

»Na, komm schon.« Muller parkt in der Dorfstraße in Meßbach und hält die Tür des Strich-Acht auf. »Das wird garantiert lustig. Wirst sehen. Mit den Jungs. Dem Garten. Und überhaupt.«

Aus dem Kofferraum sucht er Näpfe, Decke und Hundekorb zusammen. Kräcker, Ziegenpansen, vakuumverpackt, getrocknete Schweineohren, Fleisch in Dosen und das Latexhuhn Fräulein Hilde mit dem zerkauten Kamm und den abgelutschten Füßen. Er zweifelt daran, dass sein Funkwecker ähnlich gute Dienste leistet wie der gelbe Hühnervogel. Muller spürt einen Stich in der Brust. Manchmal harmonieren zwei Seelen bis aufs i-Tüpfelchen.

Er peilt den Hauseingang der Familie Fischer an. Emma bleibt zurück, hockt reglos auf dem Beifahrersitz. »Na los, auf geht's. Es lässt sich nicht ändern.«

Der Hucosch springt auf den Gehsteig und bummelt hinter ihm her.

Im Obergeschoss pressen die Stammhalter ihre Nasen ungeniert an die Scheibe. *Das ist dieser Kommissar. Der hat den Killer geschnappt*, liest Muller von den Lippen ab. *Unangenehmer Bursche ist das. Und diese Visage. Kannste direkt Angst kriegen.*

Muller schluckt und ist versucht, seine schrecklichste Grimasse in die erste Etage zu schicken und die Zähne zu fletschen. Diese elenden Früchtchen! Er bedauert, bei Niklas' Vernehmung nicht ab und zu animalisch gebrüllt oder wenigstens ungeschlacht auf den Tisch gedroschen zu haben, ganz seinen Gesichtszügen entsprechend.

Klaus Fischer öffnet. Er hat sich von seinem Zusammenbruch im Präsidium erholt. Jedenfalls äußerlich. Die Tatsache, sein Ältester wollte ihn ans Messer liefern, wird zusätzlich zur Trauerarbeit ein Weilchen brauchen. Ohne Perspektivwechsel werden sie schwerlich einen gemeinsamen Weg finden.

Niklas gab zu, sich die Geschichte ausgedacht zu haben. Julia war bereits verschwunden, als er die Hütte an jenem Tag im Burgholz noch einmal inspiziert hat. Irgendwann nach ihrem gewaltsamen Tod fielen ihm ein paar Becher Rinderblut in die Hände. Ein Teil des Rohfutters, das auf Emmas artgerechtem Speiseplan stand und in der Gefriertruhe lagerte. Da kam ihm die Idee, den Hüttenboden mit Blut zu tränken, um seinen Vater in Verdacht zu bringen oder ihm zumindest einige Schwierigkeiten aufzuhalsen.

Artig setzt sich die Hündin neben den Abtreter. Es fällt kein einziges Wort, bis es Muller nicht mehr aushält.

»Hier ist Emma. Sie und Ihre Söhne vermissen sie sicher schon.« Wobei der Familienvater samt den Strolchen am Fenster ihre Wiedersehensfreude beispiellos im Griff haben.

Fischer schweigt weiter und bequemt sich nicht, die beiden hereinzulassen.

»Sie hat Ihnen bestimmt gefehlt«, startet Muller einen neuerlichen Versuch, Kontakt zu knüpfen.

Endlich macht Fischer den Mund auf. »Emma war immer Bettinas Hund. Die Töle ist damals mit ihr weggegangen. Wir wollen alles vergessen, verstehen Sie?«

»Das verstehe ich gut, Herr Fischer. Sie können jetzt zu viert ganz von vorn anfangen.«

Emma schaut Muller von unten an.

»Ich habe Sie beobachtet. Die Töle ist bei Ihnen besser aufgehoben. Wir sind nicht in der Lage, uns richtig um sie zu kümmern, und wie gesagt, sie war Bettinas Hund und würde die Tragödie ständig wachrufen.«

Mullers Herz lacht. Damit hat er im Leben nicht gerechnet. Seine Augen treffen Emmas Blick.

»Ist Ihr Entschluss hundertprozentig, Herr Fischer? Ich nehme Emma sehr gern bei mir auf, nur wäre es ihr gegenüber nicht fair, wenn Sie sie in drei Wochen doch zurückhaben wollen.«

»Das wird nicht passieren. Aber wenn Sie es wünschen, schreiben wir's auf.«

Nachdem Muller die Hundesachen im Kofferraum verstaut hat, knuddelt er Emma, die ihm über seinen Sperlingsbart schlabbert.

»Na, du Töle? Was hältst du von einem Besuch?«

Wedelnd quittiert sie den Vorschlag mit einem kurzen Bellen und die zwei gehen eine Tür weiter.

»Darf ich dir das neue Familienmitglied vorstellen?«, überrascht er Tanie mit Fischers Entscheidung.

Sie schmunzelt und kauert sich vor den Vierbeiner. »Na, Emma Muller? Da hast du dir ja einen seltsamen Vogel ausgesucht.«

»Emma liebt Geflügel«, erklärt er und denkt an das versabberte Fräulein Hilde.

»Genau wie ich.« Sie richtet sich auf und streichelt zärtlich seine Wange.

Unvermittelt schnalzt Muller mit der Zunge. Aus der rechten Faust streckt er Zeige- und Mittelfinger und beugt sie. Emma begreift sofort. Gehorsam setzt sie sich hin.

»Ich werd verrückt«, staunt Tanie. »Du bringst dem Mädel die Gebärdensprache bei?«

»So wahr ich hier stehe«, bekräftigt er, winkelt den Arm an und dreht ihn mit offener Hand nach außen. Emma legt sich hin.

»Das ist ja irre!«

»Gut gemacht, Fräulein«, tätschelt er Emmas Flanke und zaubert ein Leckerli aus der Hosentasche, das die Hündin schmatzend verzehrt.

»Übrigens«, kommt er auf die letzten Differenzen zurück, »ich hab dich nicht ausgelacht, Tanie Rentzsch.«

»Das ist mir klar. Ich hatte nur Angst.«

»Ist die Angst jetzt vorbei?«

»Besser zumindest.«

Muller nickt. »Wer vor Wasser Angst hat, wird keinen Fisch fangen.«

»Ich mag keinen Fisch«, lächelt sie. »Du hattest recht. So einen Sturz überlebt keiner. Und dann noch arrangiert und vorbereitet? Wie sollte das funktionieren? Unmöglich, uns da an der Nase herumzuführen.«

Er küsst sie sanft auf den Mund. »Apropos Angst. Bitte sei ehrlich. Habe ich eine schaurige, furchterregende Visage?«

»Wieso? Hast du 'ne alte Dame erschreckt?«

»Könnte ich das denn?«

»Frag mich in fünfzig Jahren noch mal.«

Sein Gesicht verzieht sich zu einem Grinsen. »Wie geht es Kilian?«

»Er ist auf dem Weg, das Ganze zu meistern. Hat mich von Rhode Island schon ein paarmal angerufen. War in West Warwick, auf dem brachen Gelände des Nachtclubs.« Sie sucht auf ihrem Handy und zeigt ihm ein Bild. »Dort sind Dutzende von Kreuzen aufgestellt. Er hat das Foto gemailt und schreibt, dass er nur noch am Heulen sei, und das total befreiend finde. Nächste Woche besucht er Madisons Eltern.«

Es hupt vor der Gartenpforte. Ein Wagen stoppt. Muller und Tanie sehen sich an.

»Schönen guten Tag!«, wünscht ein junger Mann. Er hantiert in einer Kiste auf der Beifahrerseite, die bei Postautos in der Regel ohne Sitz ausgestattet ist. »Bin ich hier richtig bei Rentzsch?«

»Ja.« Tanie dehnt die Buchstaben.

»Ich bin der neue Zusteller. Enrico Liebermann«, stellt er sich vor und eilt über den Kiesweg auf sie zu.

Tanie schmunzelt. »Ich bin Thadine Rentzsch und das ist Herr Muller, ein Gast.«

»Heute hätte ich ein Päckchen für Sie.« Ein Karton in Royalblau wandert in ihre Hände. »War falsch adressiert. Postleitzahl stimmte nicht und die Straße fehlte.« Er reicht ihr den Touchpen. »Lag daher paar Tage. Hoffe, es ist nichts Dringliches! Bin auch schon weg. Habe noch das ganze Auto voll.«

»Der ist ja von der schnellen Sorte, der Herr Liebermann«, lobt Muller.

»Kein Absender«, verzeichnet Tanie. »Was kann das sein?«

»Mach's auf, mein Schatz«, schlägt er vor. »Aber lass die Marken heil. Die spendiere ich Brans. Der hat bitterlich geweint, weil Böhm als Lieferant seinen Abschied eingereicht hat.«

Hört sich beinahe so an, als kenne er den Inhalt, freut sie sich. Ein Geschenk! Für solche Überraschungen hat sie eine Schwäche. Vorsichtig löst sie die Klebestreifen und lockert die beiden Laschen. Sie hebt den Deckel an und wirft einen Blick hinein.

Tanie wird kreidebleich, fast so durchsichtig wie ihre Tassen aus Knochenporzellan.

»Was ist denn?« Er nimmt ihr den Karton ab. Zwei Pumps liegen darin, schmutzig, mit Schlamm beschmiert. Sie hängen wie Beutetiere in einem Netz aus Rissen getrockneter Erde. Auf der Innensohle ein weißes Schild mit dem Namenszug des englischen Designers: Jimmy Choo, London.

In der Küche der Krausenstraße leuchten die Oberschranklichter. Tanie und Muller räumen auf. Nach der Feuernummer im Stil der brennenden Frau von Emil Kio und dem jüngsten Schrecken, der bezeichnenderweise per Post kam, zieht allmählich so etwas wie Normalität ein. Es war nicht einfach, Tanie mit der Tatsache zu beruhigen, das Päckchen ist bereits vor Böhms Todessprung gestempelt und abgeschickt worden. Er hatte es offenbar bewusst falsch adressiert in der Absicht, sich erst nach der Megashow mit der makaberen Sendung in Erinnerung zu rufen. Muller überzeugte Tanie, er habe sie demnach nicht ermorden wollen. Wozu sonst die Aktion mit den Schuhen?

Insgeheim war ihm klar, Böhm hatte sich für das Rachespiel an seiner Mutter stellvertretend Tanie ausgesucht, der Ähnlichkeit wegen. Früher oder später hätte er einen Schlusspunkt gesetzt. Denn was er wirklich mit den Worten meinte, seiner Mutter nähergekommen zu sein, erklärten eindeutige Funde in der Chamissostraße. Er hatte den Spieß umgedreht und ihre Hilflosigkeit ausgekostet. Es musste ein Schock gewesen sein, sie eines Tages leblos im Bett zu finden. Der Anfang eines beispiellosen Blutbades.

Ein finsterer Gedanke beschlich Muller, den er aber prompt verwarf. Böhm könnte auch alles genau so geplant haben, das Päckchen, das finale Spektakel in der Manege, seinen Abgang – dann steckte er doch noch irgendwo da draußen. *Allez hopp, Herr Kommissar. Sie kriegen mich nicht!*

Auf einem von Sandras Taschentüchern, das sich in einer Schuhspitze verbarg, hatte Böhm eine Botschaft hinterlassen: »Leider konnte Frau Berg ihre teuren Schuhe nicht bei ihrem letzten großen Auftritt tragen. Vielleicht haben Sie ein bisschen Freude daran. Ihr Freund D. B.«

Die 56-Cent-Briefmarken mit dem Clownsgesicht aus dem Jahr 2002 stehen gerahmt neben der holländischen Sarkozy-Marke unter Brans' Schreibtischlampe.

Muller hängt das Wischtuch an einen Haken. Es gab ein leichtes vogtländisches Essen. Knusprige *Bambes* aus der Pfanne, Salat und Weißwein. Die beiden haben rohe Kartoffeln gerieben und mit Buttermilch vermengt. Und er hat ein Stück Volksdichtung zum Besten gegeben:

Erdeppelsupp in der Früh,
Erdeppl zu Mittig in der Brüh,

Erdeppl ne Umnd in der Schol,
macht ne Tag drei Mol.

Sie machen es sich bei Kerzenschein auf dem Fenstersitz im Erker von Mullers Schlafzimmer gemütlich. Sie schauen auf die Bahnhofstraße und trinken den Rest Riesling. Tanie lehnt mit dem Rücken an seiner Brust und genießt die Ruhe, die sie in warmen Wellen umspült. Die Vorfälle der vergangenen Wochen verblassen, die Bilder verlieren an Farbe.

Plötzlich knarrt es im Korridor. Sie zuckt zusammen. Ihr Herzschlag beschleunigt sich.

»Das ist nur Emma«, meint Muller.

Tanie stöhnt. Freilich wird es noch geraume Zeit dauern, bis sich ihre Schreckhaftigkeit legen würde. Sie tastet nach der Weinflasche, die sie vorhin auf den Teppich gestellt hat. Dabei gerät ihr etwas Fell in die Finger.

»Aber Emma«, ruft sie entsetzt, »schläft doch hier unten! Sie ist gar nicht im Flur!«

Ein Krachen. Die Schlafzimmertür fliegt auf. Dietrich Böhm steht im Raum, das Gesicht zu einer Fratze verzerrt. Nur ein Wort verlässt seine Lippen. »Kugelfang!« Er richtet Mullers Heckler & Koch auf Tanie und feuert das Magazin leer.

Es dröhnt zwischen den Wänden. Die Projektile rammen glühende Trichter in ihren Bauch. Feuertupfen auf ihrem Shirt wachsen zu blutigen Inseln. Sie schreit und schlägt in nackter Angst um sich.

Muller hält ihre Arme fest. »Ganz ruhig, Tanie, du hast geträumt, du bist in Sicherheit. Es ist alles okay!«

»Ich bin eingenickt?« Verwirrt sieht sie auf ihr Oberteil. Es ist unversehrt.

»Hm, weggedöst«, bestätigt er.

Sie atmet tief durch, bis sich ihr Puls normalisiert. Doch sie spürt noch den Sturm des Grauens. Eisig. Erstickend. Lähmend. Ohne Ausweg. »Böhm hat doch überlebt«, kapituliert sie. »Er hat sich in meine Träume gerettet. Wenn ich die Augen schließe, reißt er sie auf.«

Muller drückt Tanie an sich und blickt in die Nacht hinaus. Doch das rote Lämpchen im dunklen Fenster gegenüber bemerkt er nicht.